KB089830

사랑하는   에게

                              드립니다

                   년   월   일

애틀랜타에서 산다는 것

애틀랜타에서 산다는 것

이승남 지음

모아북스
MOABOOKS

디아스포라 한인의 소중한 이야기

미국 땅에서 사는 저 같은 이민자를 가리켜 '한인'이라고 부릅니다. 미국인도 아니고, 한국인도 아니라는 의미에서 한인이라고 부르는 것일 테지만 어설픈 딱지 같다는 생각이 항상 떠나지 않습니다.

이런저런 이유로 조국을 떠나 타국에 흩어져 사는 사람들을 '디아스포라'(diaspora)라고 합니다. 분산 또는 이산이라는 뜻입니다. 미국 땅에서 사는 한인이란 정체성에도 이런 디아스포라의 의미가 담겨 있습니다. 그 때문에 한인이라는 말엔 늘 약간의 서운함과 공허함, 아쉬움이 배어 있습니다.

그래서 가끔은 과연 무엇이 정답이고 본질일까 하는 물음을 던지게 됩니다. 태어나서 죽을 때까지 내 나라, 내 땅에서 끝까지 사는 것이 정답이고 행복한 삶일까요? 그래서 자기가 태어난 조국을 떠나면 어쩔 수 없이 늘 삶의 한편이 서운하고 공허해질 수밖에 없다는 것일까요? 아니면 늘 떠나고, 흩어져서 사는 것이 사람의 본질일까요?

성경은 다름 아닌 이 디아스포라의 역사를 세상 그 어느 책보다 많이 다루면서 우리에게 소중한 진리를 깨우쳐 줍니다. 구약시대, 이집트로 처음 이민 간 야곱 가족은 70명에 불과했으나 400년의 노예생활 끝에 이집트를 다시 나올 때는 300만 명이라는 큰 민족을 이루어 약속의 땅 가나안으로 향했습니다.

디아스포라의 존재는 신약시대에서도 이어집니다. 오순절 성령강림 사건이야말로 디아스포라 유대 역사의 절정이라고 할 수 있을 것입니다. 성령강림 사건이 극적인 것은 예루살렘 주민이 아니라 다름 아닌 디아스포라 유대인들 앞에서 펼쳐졌기 때문입니다. 그들은 이란, 이라크, 요르단, 리비아, 이집트 등 중동지역에서부터 터키, 키프로스, 이탈리아, 마케도니아 등 지중해와 남유럽에 걸쳐 광범위하게 흩어져 살면서 팔레스타인을 정신적 고향으로 삼는 유대인이었습니다.

디아스포라 유대인의 행로는 교회 탄생이라는 새로운 역사의 극적인 순간을 위해 오랫동안 준비되고 예정된 드라마였다고 할 수 있습니다. 하나님은 500년의 세계 역사를 통해 그들을 미리 흩으시고,

옮기셨습니다. 이런 관점에서 보면 디아스포라는 결코 역사의 주변부가 아닙니다.

오늘을 사는 디아스포라 코리안 역시 한국 역사의 주변부가 아니라 오히려 주역이라고 지부해도 좋을 것입니다. 그런 점에서 이승남 전(前)회장님이 책에서 전하는 한인들의 삶과 이야기들은 우리 역사의 소중한 기록입니다.

애틀랜타 중앙일보 오피니언 면에 실리는 그의 글을 한편 한편 읽을 때마다 조국을 떠나 남의 나라에서 주변부 인생으로 허술하게 살아가는 나약한 이민자의 모습이 아니라 당당하게 약속의 땅을 개척하고 차지하려는 주체적인 생각과 의지를 느낄 수 있었습니다. 그런 글을 모아 출간된 한 권의 이 책은 이승남 전(前)회장님의 책이 아니라 우리 모두의 책으로 권하기에 손색이 없습니다.

진솔하게, 당당하게, 그리고 부끄럽지 않은 인생을 살아온 이승남 전(前)회장님의 이 한 권의 책에 경의를 표하는 바입니다.

김영한 애틀랜타 중앙일보 사장

글로 열매 맺은 아름다운 삶의 목마름

이승남 장로님이 글을 쓰기 시작한 배경을 저는 잘 기억합니다. 장로님은 십여 년 전 건강에 이상이 와서 눈이 잘 보이지 않는 큰 아픔이 있으셨습니다. 하나님이 기적적으로 살려주신 이후 장로님은 하루하루 시간을 귀하게 여기셨습니다. 글을 쓰기 시작한 목적 가운데 하나가 치매에 걸리지 않겠다는 마음이었습니다. 그런데 신문에 칼럼을 쓰기 시작하시면서, 장로님은 배움에 목마른 소년처럼 열심히 배움에 힘쓰셨습니다. 연세가 들어가면서 더더욱 인생의 아름다움을 찾는 일에 열심이셨습니다. 사진을 찍기 시작하셨고, 선교지 찾아가기를 좋아하셨고, 고통당하는 세상의 현장을 찾아가려고 애쓰셨습니다. 그런 모든 아름다운 삶의 목마름이 글로 열매 맺게 되는 것을 보면서 참 감사했습니다.

장로님은 생각과 관심의 폭이 넓으십니다. 일찍이 애틀랜타 한인 사회가 생각하지 못할 때, 그는 애틀랜타 흑인 커뮤니티 지도자들과 만나고 흑인신학교에서 공부를 하기도 하셨습니다. 1996년도 애틀랜타에서 올림픽이 열렸을 때는, 남북 합동 응원단을 만드는 큰일을 하셨습니다. 교회에 장로로 섬기면서도 항상 사회에 대한 책임을 중요하게 여기셨습니다. 노인복지에 관심을 가지고, 난민선교에 참여하시고, 평창 겨울올림픽 홍보대사 역할도 하시고, 그 외에도 많은 분야에 끊임없는 호기심과 애정을 가지고 사십니다.

저는 이승남 장로님의 글을 어떤 진리를 깨달아서 읽는 것이 아니며 그의 글에서 아름다운 인생 후반전을 살아가는 영원한 젊음의 에너지를 느낄 수 있기 때문입니다. 이기적인 세상에서 자기를 뛰어넘어 더 발전하는 한인공동체를 보고 싶어 하는 애정을 보기 때문입니다. 그의 글에는 아름답고 선하고 의로운 삶을 살아가는 사람들에 대한 그리움이 담겨 있기 때문입니다.

저는 항상 장로님에게 마음을 뜨겁게 하는 것을 솔직하게 글에 담아 보시라고 격려합니다. 그래서 연세가 들어갈수록 청춘의 에너지와 소년의 순박함이 살아나는 것을 보게 됩니다. 사람은 나이가 들면 성장을 멈추는데, 장로님은 발전하고 성장하기를 멈추지 않으십니다. 배움의 겸손함을 보는 것이 얼마나 좋은지 모릅니다.

이 책을 읽으면서 중년들은 도전을 받기 바랍니다. 인생 후반전을 살아가는 노년들은 각자의 인생에 주어지는 거룩한 몫을 발견할 수 있기 바랍니다. 여기에 도전이 있고 소망이 있고 사랑이 있습니다.

김정호 애틀랜타 한인교회 목사

애틀랜타 한인사회 역사의 산증인 이야기

이 책을 지으신 이승남 전 애틀랜타 한인회장은 이곳 애틀랜
타에서만 40년 가까이 살아오신 애틀랜타 한인사회 역사의 산증인
입니다. 지난 1996년부터 1997년까지 제22대 애틀랜타 한인회장을
역임하면서, 1996년 애틀랜타 하계 올림픽 당시 한국선수단 손님맞
이와 성대한 응원을 성공적으로 수행했습니다. 또 애틀랜타 한인이
민사 편찬위원장 및 2011년 한인회칙 개정위원장을 역임하면서 애
틀랜타 한인사회 발전에 많은 공헌을 해오셨습니다.

특히 애틀랜타 중앙일보 신문지상에 수많은 칼럼을 기고하여, 그
동안 살아오면서 느낀 점, 생활의 지혜뿐만 아니라 이곳 동포들이
나가야 할 방향 등을 제시하여 오셨습니다.

이번에 출간되는 책은 그동안 이승남 전 회장님이 써오신 글들을
한데 모은 것으로, 우리 동포들에게 많은 도움을 줄 수 있는 유익한
책이라 생각하여 감히 우리 동포 여러분께 자신있게 추천합니다.

저는 오랫동안 이승남 전 회장님과의 인연을 맺으며 오랫동안 곁

에서 지켜보았습니다. 아직도 어느 젊은이 못지않은 열정과 순수로 한인사회를 위하여 봉사하고 계신 모습은 저뿐만 아니라 우리 애틀랜타 동포사회에 훌륭한 귀감이 되고 있습니다.

이승남 전 회장님의 앞으로의 건강과 행복을 기원하며, 계속 좋은 글로써 우리 한인사회의 등불이 되어 주시기를 간절히 기원합니다.

오영록 제31대 애틀랜타 한인회장

Well done!
To Mr Lee's readers, enjoy it!

I am honored to write an introduction for my friend Seung Nam Lee's collection of newspaper columns. I am not a member of Atlanta's Korean-American community, but I know a lot about it from Mr. Lee. I am not a member of his church, but we are both christians, and we have prayed and read our bibles together. I do not speak or read Korean, except for a few simple expressions; in fact we study English together often. Through my friendship with Mr Lee I know and respect the Korean people and their culture better than many Americans.

We are very good friends. Since my first name is LEE and his last name is LEE, he considers us brothers. We met at his Dunkin' Donuts shop in 1990, and when he learned I served four years as a US Army officer in South Korea, we started talking. Since then we have studied English, done community service work, taken classes, visited museums, and traveled together. We have planned grand openings ceremonies, written speeches for many events, planned a multicultural festival and traveled to five states visiting historic sites of eight American Presidents. More trips are planned. Like most friends, we have laughed, cried, argued and sometimes sat silently side by side. I know very him well.

So, it's no surprise to me that my friend Lee writes a weekly column, and is now publishing a collection of them. I have always admired how many ways he serves his community. He loves helping people, finding ways to use his God-given talents, and how he is determined to overcome obstacles and get things done. I can not read his columns in Korean, but we have worked on many of them together, and every time we do, he is clear that his goal is to give his readers an interesting and helpful message. He encourages, he teaches, he informs and he inspires. I know this without ever reading what he has written. Because I know Seung Nam Lee.

To my friend Mr Lee, congratulations on this achievement. Well done! To Mr Lee's readers, enjoy it, and get ready because he has more stories to tell.

Lee Buechele,
Lieutenant Colonel, US Army, Retired
Professional Actor

세월의 흐름은 막을 길 없어 청년 때인 30대에 미국에 이민 온 후 벌써 40년 가까이 되어 흰머리가 대부분인 70대를 지나게 되었 습니다. 고국을 떠나 새로운 세상에 사는 동안 수많은 애환을 경험 하고 새로이 만난 분도 많았고, 그중에서 이미 고인이 되신 분도 여러 분 계십니다.

애틀랜타 중앙일보 사장님이 애틀랜타 한인사회에서 활동하였던 일과 한인사회를 위하여 좋은 방향을 위해서 글을 써보라는 권유로 시작된 칼럼이 2년 넘게 지나다 보니 100편 가까이 되었습니다. 글 이란 마음으로 그리는 그림이란 말도 있습니다. 부족한 사람이 그리 다 보니 서투른 표현이나 다소 공감되지 않는 부분도 있을 것입니 다. 주변의 여러 친구와 독자들이 책을 출간해 보라는 말에 용기를 내어 평생 처음 책을 출간하게 되었습니다.

결혼 후 평생을 함께 살아온 사랑하는 아내와 가족들에게 감사하고, 고국의 친구들과 이민생활에서 만난 여러분께 이 책을 통하여 인사를 나누는 기회가 되기 바랍니다.

  특별히 추천사를 써 주신 목사인 김정호 목사님과 애틀랜타 오영록 한인회장님, 중앙일보 애틀랜타 김영한 사장님, 그리고 필자와 형제같이 지내는 연극, 영화배우인 미국인 친구 리 비클리에게 감사의 말씀을 드립니다.

  애틀랜타에서 이승남

|차 례|

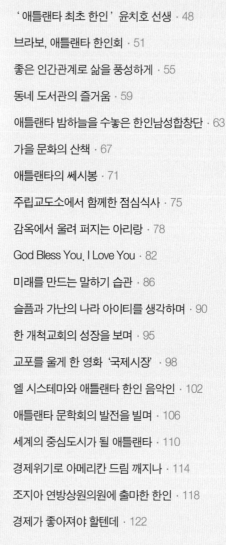

제 3 부
─────────

여행하며
사는
즐거움

제 1 부

눈으로 보고
마음에 새긴
고향

반평생을 함께한
아내와 떠난 고국 여행

　　　　　　　　　　　　필자는 지금 애틀랜타에서 인
천공항으로 향하는 대한항공 비행기 안에서 글을 쓰고 있다. 아내와
함께 고국을 방문하는 여행이다. 필자의 나이가 지난달 만 70세를
맞이했다. 내 나이 35세 때 고국을 떠났으니, 한국에서 산 인생과 똑
같은 기간을 미국에서 보낸 셈이다. 살아온 나날들이 엊그제 같은
데, 벌써 70세라니 나 스스로도 믿어지지 않는다. 지난 세월이 주마
등같이 떠오른다.

　필자는 일제 말기에 태어나 초등학교 시절 6·25 전쟁을 겪었다.
부산에서 피난민 생활을 할 때는 추운 겨울인데도 양말을 신지 못하
고 학교에 다니고, 신문과 담배를 팔며 살았다. 대학 다닐 때도 가정

교사 생활을 하며 의대생이었던 형과 누룽지 밥을 서로 더 먹으라고
격려했던 때도 있었다. 3년간의 군 생활을 마치고 어려운 취업경쟁
을 뚫고 은행에 입사한 후 10년을 넘게 다녔다.

은행에서는 국제부에서 수출입 금융 업무를 담당하였다. 매달 수
출실적을 정부의 중요지표로 할당한 박정희 대통령 시절, 드디어 연
간 1억 달러 수출을 달성하였다. 그 당시 정부와 재계, 금융권은 큰
축제 분위기였다. 실무를 담당하던 은행에서도 축하와 격려로 떠들
썩했던 기억이 난다. 그러했던 조국이 가난을 벗어나 G20 국가가
되고 세계경제 대국의 하나가 되었으니 꿈만 같다.

대한항공 비행기 안의 승무원에게 물어보니 A770편은 일주일에
6~7편, 새로 취항한 세계 최대 비행기인 A380편은 하루 세 번 승객
을 태운다고 한다. 애틀랜타에서 인천공항까지 매주 3천 명 이상을
실어 나르는 셈이다.

필자가 애틀랜타에 왔던 1978년은 한인 인구가 2천 명 수준이었
고, I - 85번 도로가 2차선이었다. 애틀랜타 한인회를 제외하고는 단
체다운 단체도 없었고, 한인교회가 몇 개 되지 않았다. 그런데 1996
년 올림픽을 계기로 애틀랜타가 모든 면에서 크게 발전하여 미국에
서도 대도시 중 하나가 되었고, 애틀랜타 한인사회도 LA, 뉴욕 다음
으로 세 번째로 큰 도시가 되었다.

처음 해보는 미국 생활은 너무 힘들었다. 작은 식품점을 운영하다

권총 강도를 당하기도 하였다. 당시에는 '투잡'을 가져야 할 때였기에, 아내는 돈을 절약하기 위해 두 살 난 아들을 가게에서 놀게 했다. 그런데 아들이 가게 앞 조금 높은 곳에서 장난감을 넣고 놀다 떨어져 얼굴이 깨져서 병원에 다녀왔던 일도 있었다. 그때 필자는 미군기지 창고에서 육체노동을 하고 있었다. 아내는 울면서 다시 고국으로 돌아가자고 했다. 그런 아들이 이제는 결혼하여 손자만 셋을 안겨주었다.

올해는 미주 한인 이민 110년을 맞이했다. 고국과 더불어 애틀랜타 미주 한인들도 모든 면에서 엄청나게 발전하고 있다. 지난달 필자의 70세 생일이었는데, 남들에게는 알리지 않고 애틀랜타 한인교회에서 함께 봉사하는 시니어 합창단원과 담임목사와 함께 예배를 드렸다. 칠순을 맞이한 소감 이야기를 청하기에 다음과 같이 나는 말하였다.

"시편 90장에는 인생을 기껏해야 70년, 근력이 좋아야 80년, 그나마 거의 고생과 슬픔에 젖어 날아가듯 덧없이 사라지고 맙니다. 칠십 줄이 되니 우리에게 남은 날을 제대로 헤아릴 줄 아는 지혜를 달라는 성경 말씀이 가슴에 와 닿습니다. 오늘부터는 하루하루를 덤으로 사는 하나님께서 주신 선물이라 생각하며 감사한 마음으로 이웃을 위해, 가정과 교회를 위해 살겠습니다."

비행기 창을 통해 하늘을 배경으로 그려지는 구름의 신비한 조화와 그림을 보며, 그 너머 하늘에는 무엇이 있을까 생각해 본다. 한 번뿐인 남은 인생을 더욱 열심히 살자고 다짐해 본다. 이번 여행이 즐겁고 보람된 일들이 되기를 바라며 함께 반평생을 넘게 지낸 아내의 손을 꼭 잡아 본다.

사랑하는 아내의 환갑을 기념하며

세계 속의 작은 마을
강원도

지난주 애틀랜타를 떠나 고국에 오니 날씨가 선선하여 가을이 오는 소리가 들리는 것 같다. 이번 고국방문은 강원도청 글로벌사업단에서 외국에 거주하는 강원도 대외 협력관을 초청하여 강원도 경제발전을 위한 토론회에 참석하기 위함이다. 필자는 협력관의 일원으로 관광객을 효과적으로 유치함으로써 얻는 고국 홍보와 외화 획득에 대한 연구사례를 발표하였다. 평창 올림픽 SNS 홍보와 육성을 위한 제안이었다.

특별히 2주 전에 필자가 만난 애틀랜타 던우디시의 경찰서장 빌리 그로건의 평창 방문기가 페이스북에 공개된 사례를 들어, 세계 속의 강원도를 관광객에게 알리자는 제안이었다. 이에 대해 평창 올림픽위원회에서 나온 실무자와 도청 사업단장의 긍정적 반응과 실제에 적용될 호응을 받기도 하였다. 이번 여행을 통해 강원도에 있는 시설과 견학하고 문화를 체험하였는데 그 중 몇 군데를 소개해 본다.

미국 연방정부가 인디언 마을에 카지노 시설을 설치하도록 허용한 것처럼, 한국 정부도 광산이 낙후됨으로 폐광된 정선에 강원랜드를 설치하도록 허용한 바 있다. 피폐한 지역 경제발전을 돕는 차원에서 공기업으로 상장되었는데, 현재 강원랜드 하루 이용객이 1만여 명이 넘을 정도로 번성한다고 한다. 이용객이 늘다 보니 도박중독자들도 양산되어 사회적인 문제가 되기도 한다. 몰고 온 자가용을 전당포에 맡기거나 팔아서 도박을 하는 사람들이 늘어난다고 한다. 그러나 산수가 빼어난 깊은 산 속의 그림 같은 풍광 속에 자리 잡은 고급호텔, 카지노영업장, 골프장, 콘도와 스키장은 그 수준이 미국이나 유럽 이상이라고 한다.

아침에 일어나보니 안갯속에서 떠오르는 산과 주변경관은 가히 절경이었다. 멀지 않은 곳에 있는 정선 아리랑 공원에 가보았다. 지역마다 수많은 아리랑이 있지만, 정선 아리랑이 유일하게 유네스코 문화재로 지정되었다. 지금으로부터 6백여 년 전 고려 충신들 망국의 한이 서려 있는 노랫말과 조선 말기 경복궁 중수과정에 백성의 애달픈 삶이 담겨 있는 노랫말이 함께 실린 전통 민요다. 무형문화재 단원들이 우리를 위해 민요 아리랑, 엮음 아리랑, 긴 아리랑을 불러주자 저절로 흥이 나 함께 노래하며 춤을 추었다. 떠날 때 가사가 있는 CD를 선물로 받았다. 미국에 가면 정선 아리랑 몇 곡을 외워서 18번의 하나로 만들고 싶다.

또한, 의료 첨단지구로 변신한 원주를 방문했다. 고국의 의료수준이 세계적이기에, 사우디아라비아에도 의료기관이 진출하는 소식이 들리는 이때에 고부가 가치인 의료기기 수요가 많아지고 있다. 현재 원주는 미국의 실리콘밸리처럼 IT 산업과 협동으로 의료기기 생산과 수출을 맡고 있다.

그러나 우리가 방문한 곳 중 가장 흥미를 끈 것은 동해시와 옥계항 주변에 설치된 '동해안권 경제자유구역' 이었다. 평창 올림픽을 계기로 교통과 물류가 획기적으로 개선됨에 따라, 중국 러시아 일본을 아우르는 동해안 지역의 경제특구가 만들어졌다. 네 곳의 특구 중 한 곳은 벌써 입주기업이 100% 결정되었다고 한다. 지구 온난화로 여러 문제가 제기되고 있으나, 북극항로에 빙하가 줄어들고 쇄빙기술의 발달로 유럽까지 운항거리가 6,000km 단축됨으로써 엄청난 운송비용이 절감된다.

그러므로 앞으로 남북교류까지 이뤄진다면 수도권과 가까운 강원도 경제특구 항구의 파급효과는 대단할 것이라고 본다. 정부의 여러 분야에서 나온 전문가, 강원도의 책임자와 실무자를 알게 되었고,

터키의 이스탄불, 로마, 싱가포르, 카자흐스탄, 중국, 독일에서 온 분들과의 친교와 협조는 살아 있는 공부였다.

워크숍을 마치고 서울에 와서 조상의 묘소가 있는 벽제, 양주, 문산을 다녀왔다. 모두 서울의 외곽이지만 예전처럼 시골의 모습은 사라졌고 높은 아파트가 곳곳마다 병풍처럼 둘러서 있었다. 임진강이 가까운 문산에는 강 옆으로 일정한 간격으로 국군초소가 연이어 설치되어 있었다. 서울이 최전방과 근거리임을 더욱 실감나게 하였다. 신문이나 TV를 보면 고국이 혼란스럽고 문제가 많은 것처럼 보였으나, 대한민국은 세계 속에서 역동적으로 발전하고 있었다. 우리는 비록 미국 애틀랜타에 살지만, 필자는 나의 고향인 조국이 더욱 융성하여 발전하기만을 바랄 뿐이다.

애틀랜타에서 춘향이의 고향
남원으로

한국 날씨는 온난화의 영향으로 여름은 덥고 봄가을은 짧아지고 겨울은 춥고 더 길어졌다. 10월 초의 여행이기에 여름의 뜨거운 계절이 지나 눈부신 가을 햇살로 초록빛 나뭇잎들이 서서히 색깔이 변해가고 있다. 아침저녁은 선선하여 여행하기 가장 좋은 때다. 작년에는 아내와 함께 제주도를 다녀왔고 올해는 서부권 일주여행을 하고 있다.

안내인의 설명으로는 이제 고국을 찾는 관광객이 1천 만명이 넘어서서 작년에는 일본을 추월하였다고 한다. 그 중에 중국 관광객이 30%가 된다고 한다. 엄청난 숫자이고 외화 획득에 고부가 가치가 있는 관광산업이다. 하루에 서울 명동을 지나는 관광객이 160만 명이 넘고, 동대문 시장을 찾는 관광객은 50만 명이 넘는다고 한다.

고국 여행 때는 거의 서울에 머물다 가곤 하였는데, 지방 여행을 해보니 정말 고국의 발전상을 실감할 수 있었다. 지난주에 강원도를 다녀왔고 이번 주는 서부권 여행을 하였다. 서울에서 공주로, 부여에 도착하여 땀 흘리며 낙화암으로 오른 후 고란사를 내려와 배를 타고 백마강가의 백제 문화재로 향하였다. 전통 민속공연, 교향악단 공연, 합창, 전시회, 문화예술 공연, 계백 장군 출정식, 끝없는 축제와 음악과 춤으로 이어지는 문화예술, 말할 수 없는 흥겨운 드라마였다.

그 다음 같은 부여에 있는 백제문화 단지로 발걸음을 재촉하였다. 이 단지는 17년 동안 7천억 원을 들여서 만들었다. 1400년 전 문화 대국이었던 백제의 모습을 재현하였다. 우리나라 삼국시대 중 왕궁의 모습을 최초로 재현한 사비궁은 웅장하면서도 섬세한 백제의 대표적 건축 양식을 보여주고 있다. 특별히 그 당시 문화대국이었던 백제는 일본에 한문이나 불교를 전하였고 많은 문물을 전하였기에 일본인이 대거 방문하였다고 한다. 필자 역시 많은 일본인을 만나보았다. 백제가 그들의 고향이기 때문이라고 한다.

그 다음에는 익산을 거쳐 전주에 도착하였다. 전주는 역사가 깊은 전통 있는 도시였다. 1200년이 넘는 도시로 서울은 행정의 수도, 전주는 문화의 수도라는 자부심을 갖고 있었다. 점심은 물론 전주비빔

밥을 먹었다. 전주비빔밥에 담긴 의미와 철학은 선조의 숨결이 담긴 바로 전주의 혼이 담긴 음식이다.

전주 한옥마을은 유네스코에 등재된 마을로 기와집은 550채가 넘고, 1년에 400만 명, 하루에 평균 10만 명이 넘게 온다고 한다. 이곳을 모두 관람하려면 일주일이 더 걸린다고 한다. 전주는 태조 이성계의 본향이고 그 선대들이 살았던 곳으로 어진(왕의 초상화) 박물관이 함께 있어 더욱 많은 관람객이 온다고 한다. 이곳 역시 축제가 많이 있고, 민요, 창, 공예품전시 등 볼거리가 많은 마을이다. 많은 외국인을 만나게 되어 영어로 이야기할 기회가 많았다.

남원에서는 아름다운 나무와 꽃 사이로 스치는 자연의 숨결이 필자의 몸속으로 흐르는 것 같았다. 춘향이의 고향 바람은 정겨웠다.

순천에 있는 낙안읍성은 온통 초가집으로 옛 성터 위에는 깃발이 휘날리고 하늘엔 수많은 연이 날고 있었다. 농악대가 행진하며 떠들썩한 마을을 재연하고 있었다. 이곳까지 중국 관광객이 수없이 방문하고 물건을 사가곤 하는데, 중국 말을 못하는 시골 아주머니는 그냥 한국 말로만 이야기하고 있었다. 영어 못지않게 중국 말을 기초라도 배워야 할 것으로 생각한다.

보성의 녹차 밭은 장관이었다. 벌교의 갈대숲, 드라마 촬영지도 가보았다. 작년 여수 엑스포의 뜨거운 열기는 사라졌지만 많은 일본 관광객을 만나고 유럽에서 온 관광객도 꽤 만났다.

고국은 유럽보다 관광자원이 많다. 도로, 호텔, 휴게소는 그 수준이 지방까지 골고루 수준 높은 것을 실감하였다. 이번 여행을 계기로 필자의 친구들에게 고국을 방문하면 서부권 남해안, 동부권, 제주도 등 지방여행을 권하고 싶다.

맛있게 저녁을 먹은 한 식당에 아래 시가 있어 옮겨 본다.

파도의 꿈들이 몰려들어
언제나 사람들의 내음으로
가득 찬 푸르디푸른 바다횟집
바다의 이야기들이 어우러져
세상 시름 멀리 내려놓고
너와 내가 하나 되는 바다횟집

- 여수 오동도 바다횟집에서 -

한 달여의 고국 여행을
뒤로 하며

이제 한 달가량의 여행을 마치고 서울에서 애틀랜타로 돌아오는 하늘 위 비행기 안에서 이 글을 쓴다. 떠날 때는 청명한 고국의 가을 하늘 뭉게구름을 보았다. 창문을 열고 밖을 보니 캄캄하다. 아마 태평양을 건너 알래스카 상공을 지나는 것 같다.

지난주 고국방문 계획 중에 태국 방콕 여행 일정을 넣었다. 요즘 한국인이 이곳으로 많이 관광을 간다고 들었다. 필자는 아직 동남아 국가에 여행을 다녀온 적이 없어 호기심에 다녀왔다. 태국은 수도가 방콕이고, 면적은 한반도의 2.5배, 인구는 6,800만 명이나 된다. 종교는 불교가 95%, 이슬람교도가 4%, 기독교는 1%다. 날씨는 열대부터 아열대까지 있고, 남북으로 길게 뻗은 나라다. 10월인데도 가만히 있어도 땀이 계속 흐르는 여름 날씨다. 거대한 왕궁을 관람하면서 이곳이 불교의 나라임을 알게 되었고, 만나는 사람마다 모두 두 손을 모으고 기도하는 자세로 인사하는 것이 인상적이었다.

태국 제1의 관광지라는 파타야도 가보았다. 본래 바닷가의 작은 마을이었는데 2차 세계대전 후 미군의 휴양지로 알려졌고, 지금은 20만 명의 현지인과 각국에서 온 30만 명의 은퇴 유럽인이 거주하는 도시가 되었다. 낮에는 덥다 보니 시원한 밤에 노는 밤 문화가 발전해서, 대부분 상점은 오후 5시에 문을 연다. 많은 사람이 아침 대신 저녁에 출근해 저녁에 교통이 밀리고 수많은 인파가 몰려든다. 이곳 거리를 걸으면서 다양한 음식문화, 야시장, 떠들썩한 킥복싱 경기, 손님을 끄는 노래, 춤, 수많은 마사지 상점을 보았다.

파타야 근교에서 이 나라에 많이 서식하는 코끼리를 아내와 함께 타보았다. 코끼리, 호랑이 쇼, 악어와 돼지의 게임, 산호로 이뤄진 산호섬의 백사장에서 수영, 제트보트 등을 즐겼다. 또한, 저렴한 골프장, 갖가지 아름다움을 자랑하는 농장, 미국보다도 더욱 큰 쇼핑몰, 세계적인 보석가공지 방문, 거대한 관광시장 등도 보았다. 매달 이곳에 오는 한국인 관광객이 1만 명을 넘는데, 우리를 안내한 ○○ 여행사에 따르면 이곳 관광 가이드만 350명이 넘는다고 한다. 이곳 관광명소에도 어김없이 한국인이 경영하는 여러 상점과 한식당이 있었다. 세계 각국에서 성공하는 한국인들의 모습이 자랑스럽다.

필자는 서울에 갈 때마다 들러보는 장소가 한두 군데 있다. 필자가 태어난 동네, 6 · 25 전에 다녔던 초등학교, 남산, 인사동, 경복궁 등이다. 올해는 고등학교 동창과 함께 수원에서 유명한 수원갈비를 먹고, 근교의 사도세자와 정조의 묘소도 다녀왔다. 특히 양화진에 있는 한강 변의 절두산 순교성지를 방문했다. 이곳은 조선 시대 병인박해 때 수많은 천주교인이 망나니의 칼질에 머리가 잘려 숨졌다고 해서 '절두산' 이라는 이름이 붙었다. 신앙을 지킨다는 이유로 목숨을 잃은 순교자들의 행적, 순교자들을 고문하던 그 당시 형구 틀을 유심히 관찰하고 사진에 담았다.

바로 그때, 〈별들의 고향〉을 쓴 작가 최인호 선생이 5년간 암 투병을 하다 세상을 떠났다는 소식을 들었다. 고통의 한계 상황에서도 작가로서의 삶을 끝까지 놓지 않고 달려간 작가의 삶이 매스컴에도 크게 보도되었다. 해방둥이로 한 시대를 풍미했던 작가는 침샘암으로 투병하다 소천하였다. 침샘암 환자들은 침이 제대로 분비되지 않아 목 부분에 혹이 생기는데, 이것이 기도와 식도를 막아 먹는 것도 말하는 것도 고통스럽다고 한다. 이런 점을 보면 입에서 침만 나와도 하나님께 무한히 감사해야 할 이유가 있다고 본다.

최인호 작가는 서울고등학교 2학년 때 신춘문예로 문단에 데뷔하여 한국 문단에서 최초로 100만 부가 출판된 베스트셀러 작가인 한

단란한 가족 사진

국 문학에서는 축복 같은 존재였다. 정진석 추기경은 최인호 선생의 장례미사 중 선생의 글은 마음과 몸이 아픈 이들에게 휴식이었고 힘이었고 감동이었다고 추모했다. 그는 소설가답게 주님을 엿장수로, 자신을 목판 위의 엿가락으로 비유했다. 그리고 기도했다.

"엿장수가 엿가락을 가지고 자기 마음대로 하듯, 주님이 원하시는 대로 나를 사용해 주시옵소서. 제가 쓴 글들이 가난하고 아픈 자들을 맛있게 해 주소서⋯⋯."

항암 치료의 고통 속에 손발톱이 빠지면서도 최인호 작가는 암은 나에게 준 선물이라고 했다. 그는 십자가를 원고지 위에 못 박고 끝까지 죽는 날까지 순종하였다. 아인슈타인은 죽기까지 수학문제를 풀려고 연필을 들고 있었다고 한다. 그는 고난 속에서도 하나님에게 순종하는 것이 감사와 행복의 근원임을 보여주었다.

최인호 작가는 이제 자신의 소설 제목처럼 별들의 고향을 찾아 떠났다. 한 달여 만의 여행에서 돌아온 필자가 갈 길이 있는 것처럼, 남은 생을 겸손하게, 범사에 감사하며, 나의 갈 길을 열심히 가야겠다고 다짐해본다.

더 이상 이류가 아니다-
자랑스러운 한국 제품

격세지감이 든다. 미국 생활 30
년이 넘었는데 한국이 이처럼 명품을 끊임없이 만들어낼 줄은 전혀
예상하지 못했다. 중국에서 상품을 들여와서 파는 것이 생업이라 중
국 왕래가 잦은 한 친구의 말에 의하면 중국의 상류층 집에 가보면
대부분 한국제 가전제품을 쓰고 있다고 한다. 한동안 일제나 미제를
선호하였던 시절이 있었듯이 중국인은 이제 한국제품을 선호한다
고 한다. 현대, 기아차가 지난 4년간 수천 번의 실험을 거친 끝에 세
계에서 가장 우수한 디젤엔진을 개발했다고 한다. 디젤엔진의 본고
장인 독일보다 더 뛰어난 엔진을 만든 것에 독일인조차 감탄을 금치
못하고 있다. 삼성에서 만드는 크리스털 TV는 이제 세계시장에서

소니를 젖히고 1위를 차지했다. LCD에 이어 곧 LED 시대로 접어들 것인데, 삼성 LED는 다른 경쟁회사가 따라잡는 데 상당한 시간이 걸릴 것이어서 오랫동안 세계 LED TV 시장을 석권할 것이라는 전망이 우세하다. 현대중공업의 해상정유설비(FPSO)는 2004년부터 시작하여 이제는 세계시장 점유율 1위에 올라 앞으로 10년 동안 선두를 지킬 것이다. 현대중공업의 이런 독주는 먼 장래를 내다보고 키운 전문 인력이 개발팀의 주축으로 자리를 잡고 있기 때문이라는 평이다. 물건만 잘 만들어내는 것이 아니라 한국 기업은 철저히 현지화를 이루어냈다. 삼성 휴대폰은 노키아의 안방인 유럽에서도 1위를 차지했고 북미에서도 LG와 함께 1위에 올랐다. 이 모두가 기업의 현지화에 힘입은 바 크다고 본다.

세계적인 경제 불황에서 한국이 가장 먼저 벗어나고 있다는 증거가 여기저기에서 나오고 있으며 세계의 유수 경제 전문가들도 한국이 가장 먼저 경제 불황에서 벗어날 것이라고 지적하고 있다. 10여 년 전 IMF 때 이미 기업의 구조조정이 이루어진 바 있기 때문이라는 것이다. 위기가 기회라는 말이 있듯이 한국의 일류 기업은 위기가 있을 때마다 이를 기회로 삼는 경영전략을 통해 오늘날과 같이 세계적인 기업으로 발전하게 되었다. 이제부터는 미국 제품과 한국 제품을 다른 모든 나라에서 만든 제품 앞에 놓고 생각해 볼 때가 온 것이다.

하나의 작은 움직임이
큰 기적을

                    지난 16일 아침 필자가 경영하는 가게에 나갔더니, 단골손님 한 사람이 코리아에서 승객 500명이 탄 배가 침몰하고 있다고 말했다. 그럴 리가 있나 싶어서 평소에는 별로 보지 않던 TV를 켜고 한국 뉴스를 보았다. 배는 선체가 기울어져 아수라장이 되었고, 이어 배의 앞부분만 남겨둔 채 침몰하는 광경이 보였다. 어른인 선장과 승무원은 모두 도망치듯이 배를 빠져나와 모두 살았고, 수많은 학생은 배가 가라앉는데도 "선실에 대기하고 있으라"고 하는 계속되는 방송만 듣고 있다가 배에 갇혀 결국 물속에 들어갔다는 소식이 연일 계속됐다.

    실종자 임시거처인 진도 체육관에는 자식들이 살아 돌아오기를 애타게 기다리는 수많은 실종자 가족이 있었다. 언론에서는 배가 뒤집어져도 배 안에 에어 포켓이 있기 때문에 72시간은 생존할 수 있다고 보도해 희망을 품기도 했다. 사고가 발생한 날부터 혹시 학생들이 구조되는 기적 같은 소식을 매일 애타게 기다려봤으나, 연일 실종된 사람들이 숨진 채 발견되었고 사망자만 계속 늘어갔다.

정부 당국의 늑장대응에 화난 학부모들이 청와대로 대통령을 만나러 가다 경찰에 제지되는 모습, 실신하여 병원으로 실려 가는 가족들의 모습도 보도됐다. 그리고 학생들을 구조하다가 천신만고 끝에 살아 돌아온 교감이 어찌 학생들을 두고 살아서 왔느냐는 원망 어린 질책을 받고 모든 책임이 본인에게 있다는 유서를 남기고 자살한 소식도 들려왔다. 침몰사고 사망자의 장례식장에서 가족과 친지, 학생들의 눈물바다를 이루는 모습을 보면서, 너무 가슴이 아프고 눈물이 계속 나왔다.

필자의 가게에 설치된 TV에서는 CNN이 연일 세월호 참사를 보도하고 있었다. CNN은 그동안 말레이시아 여객기 실종소식만 주로 방송하다가, 이제는 한국의 대형 해난사고를 거의 매시간 보도하고 있다. 애틀랜타의 지역신문은 물론이고, 미국 전역에서도 큰 제목으로 매일 기사화하고 있다.

뉴욕타임스는 '선장의 무책임한 행동에 충격받은 한국' 이라는 기사를 실었다. 미국에서는 배가 침몰할 때 선장은 배에 마지막까지 남아야 한다는 것이 상식이기에, 세월호의 선장이 수많은 승객을 뒤로하고 먼저 탈출한 것에 대해 비난이 이어졌다. 한국의 블로거들은 선장을 세월호의 악마라고 부르고 있으며, 선장의 행동은 국제 해상 사고 시의 전통에도 어긋나는 행동이라고 비판했다.

1914년 타이타닉 참사 이후 채택된 세계해양조약은 선장은 배 안전의 책임을 지고 경고가 울리면 30분 안에 승객을 대피시켜야 한다고 규정하고 있다. 그런데 세월호는 침몰까지 2시간 반이라는 시간이 있었다. 귀중한 시간을 허비한 늑장대응에 대해 박근혜 대통령은 선장과 승무원의 행위는 살인과 같다고 비판했다. 미 해군에는 배가 침몰할 때 선장은 마지막에 떠나는 규정이 있다고 한다.

타이타닉호는 북극해의 빙산에 충돌하여 침몰했지만, 이 배의 선장 E. J. 스미스는 700명 이상의 어린이와 부녀자를 살리고, 침몰하며 물에 잠기는 브리지 옆에 서 있으면서 죽음을 맞이하였다. 그러했기에 그는 죽어서도 자신의 의무를 다한 훌륭한 선장이었다고 우수한 평가를 받고 있다.

지금까지 조사결과를 보면, 세월호에는 승객과 차량, 화물을 검증하는 제도적 장치도 없고 안전교육조차 거의 하지 않았던 것으로 드러나 후진국형 인재였다는 정황이 속속 드러나고 있다. 사회에 만연한 적당주의, 무책임이 극치를 이룬 어른들의 인재였다. 초고속 속도로 성장한 대한민국은 현재 OECD 20개국 중 하나이며, 세계 10

위권의 경제력을 가진 국가다. 그러나 지도층부터 일반인까지 기본 윤리의식이 결여되면서 적당주의, 무사안일, 부정, 비리, 황금만능주의, 개인주의가 팽배하게 되었고, 결국 이와 같은 비극을 낳고야 말았다.

수백 명의 어린 학생들을 잃은 참화는 무엇이라 형용할 수 없는 비극이다. 다시는 이러한 일이 일어나지 않도록 고국에서 기적이 일어나기를 바란다. 천하보다 귀한 생명을 잃은 유가족에게, 특히 젊은 학생들의 영혼을 부활하신 예수님이 돌봐주시고, 깊은 슬픔에 잠긴 가족을 위로하고 함께하여 주시기를 간절히 기도드린다.

제 2 부

애틀랜타에서
살아가는
즐거움

'애틀랜타 최초의 한인' 윤치호 선생

　　　　　　　　　　　　지금부터 120년 전인 1893년
6월 14일, 애국가의 작사자인 윤치호 선생이 이곳 애틀랜타의 명문
대학인 에모리 대학을 졸업했다. 윤치호 선생은 1891년부터 1893년
까지 에모리 대학에서 공부했다. 그리하여 윤치호 선생은 조지아 주
와 인연을 맺게 되었다. 윤치호 선생은 또한 애틀랜타 한인 이민자
1호가 되었다(참고자료《애틀랜타 한인이민사》p. 39).

　1864년 한국에서 태어난 윤치호 선생은 일찍이 신사유람단의 일
행인 어윤중의 수행원으로 일본에서 활동했고, 감리교 선교사로서
한국 초기 감리교 선교에 크게 기여한 인물이다.

　윤치호 선생은 에모리 대학에서 공부하면서 여름방학이면 학비를

충당하기 위해 애틀랜타 농촌의 교회를 방문해 기금을 모았다. 그런데 그가 쓰다 남은 돈 2백 달러를 에모리 대학 워렌 캔들러(Warren Candler)에게 "한국에서 선교 사업을 시작해 달라"고 맡겼다. 그것이 감리교 한국 선교의 시초였다. 윤치호 선생은 귀국 후 독립협회에 가담했고, 서재필에 이어 독립협회 2대 회장에 취임했다.

필자가 11년 전 편집위원장을 맡아 '애틀랜타 한인 이민사'를 함께 집필할 때 일이다. 당시 한국에서는 애국가 작곡자를 안익태 선생으로 기재했고, 작사자는 윤치호 선생으로 소개했기에 책에도 그렇게 기록하려 했다. 그런데 한인들 사이에서도 '윤치호 애국가 작사'를 넣을지 논란이 많아 많은 토론을 거친 끝에, 결국 책을 마지막으로 감수하던 중 이를 삭제했다.

그런데 2년 전 에모리 대학을 방문했다가 운좋게 대학 도서관에 소장중인 윤치호 선생의 일기와 자료를 볼 수 있었다. 조선일보 보도에 따르면, 독립신문 1895년 제1권에 "독립문 정초식 순서 중 불린 창가 중 '조선가'의 가사가 윤치호 선생의 것"이라고 소개되어 있다. 그리고 필자는 에모리 대학 도서관에서 "동해물과 백두산이~"로 시작되는 윤치호 선생의 문헌을 발견해 이를 확인했다.

따라서 조국에 대한 사랑을 일깨우고 다짐하기 위해 온 국민이 부르는 노래인 '애국가'의 작사자는 윤치호 선생이라고 필자는 생각한다.

이처럼 애틀랜타 한인 이민사의 최초 페이지를 장식하고 애국가를 작사한 윤치호 선생이 에모리 대학을 졸업한 지 올해 120주년이다. 이 같은 시기에 애국가의 작사자가 윤치호 선생이라는 사실을 애틀랜타에서 연구해, 한국에도 알리는 것이 애틀랜타 한인들의 할 일이라고 생각한다.

윤치호 선생은 에모리 대학의 한국인 학생 1호는 물론이고, 외국인 유학생 1호이기도 하다. 이에 따라 에모리 대학은 오는 6월 윤치호 선생 졸업 120주년 기념행사를 개최할 예정이라고 한다. 윤치호 선생을 시작으로 에모리 대학에는 수천 명의 한인 유학생들이 졸업했으며, 그중에는 이홍구 전 국무총리, 한완상 전 부총리 등 수많은 지도자들도 배출됐다.

현재 LA에는 '한인 이민사 박물관'이 건립돼 운영 중이다. 이번 행사를 계기로 우리 애틀랜타 한인사회도 역사의식을 갖고, 뜻있는 사람들이 모여 에모리 대학에서 열리는 윤치호 선생 졸업 120주년 행사를 준비해야 한다고 믿는다.

브라보,
애틀랜타 한인회

애틀랜타 한인회는 1968년 10월 3일 개천절에 첫 총회를 열고 발족한 지 올해로 41년째다. 은종국 회장이 이끄는 이번 한인회는 28대로 애틀랜타 한인사회의 대표기관으로 한인사회와 함께 성장하고 있다.

한인사회의 수많은 기관이나 단체 중 한인회와 한인회 회장처럼 어렵고 힘들게 봉사하고 노력하며 조건 없는 헌신을 요구하는 단체는 많지 않을 것이다. 한인회에 대한 한인들의 기대와 바람이 크다 보니 칭찬이나 격려보다는 늘 불평과 비난이 따른다. 그러나 교포들의 이민생활 속 애환과 함께한 50여 년 동안 여러 한인회장과 임원들의 헌신이 없었다면, 그나마 어려운 이민생활이 더 답답했을 것이라고 믿어 마지 않는다.

　은종국 한인회장은 애틀랜타에 이민 온 지 30년이 되는데, 이는 애틀랜타 한인 이민역사와 같이한 산 증인이기도 하다. 그는 지금은 은퇴한 부친 은호기 연합장로교회의 원로 장로님이 경영하던 코리아 하우스에서 일하면서 수많은 한인은 물론 미국인에게 한국 음식을 통해 한국 문화를 전파하는 데 앞장선 바 있다. 애틀랜타 미드타운에서 한인 최초로 개업한 식당에서 온 가족이 힘든 일을 하면서도 연말이면 익명으로 여러 한인단체를 대상으로 꼬박꼬박 이웃사랑을 실천했던 것도 나중에야 알게 됐다. 그는 이제 큰 사업을 경영하며 지역 사회를 섬기고 있다.

　지난 4월 20일 은 회장의 초청으로 이번 7월 18일에 계획된 미주한인재단 주최 '한인 2세를 위한 리더십 컨퍼런스(Leadership Conference)를 설명하기 위해 한인회 정기이사회에 참석할 기회가 있었다. 한인회 운영의 단면을 볼 좋은 기회였다. 모든 면에서 깔끔하고 멋쟁이이면서 책임감이 강한 은 회장은 취임하자마자 한인회관을 깨끗이 단장하고 이사회와 임원회를 거쳐 결정되는 일을 거침없이 추진하고 있었다.

　한인사회와 미국 주류사회 사이에 다리를 놓는 한인회가 되겠다는 구호와 더불어, 팽창하는 한인사회를 위해 새로운 한인회관을 세우기 위한 한인회관 건립위원회를 구성하는 등, 여러모로 고생하면서 한 방향을 향하여 매진하는 모습은 진정한 의미에서 리더십을 발휘하고 있다. 주류사회를 향한 다양한 일, 2세들의 미래를 위한 방향을 정하는 행사지원, 품위 있고 짜임새 있는 행사를 역동적으로 이끄는 등 이루 열거할 수 없는 일들을 계속 진행하고 있다.

최근 불경기로 인한 애틀랜타 교포의 불행한 자살사건 이후 중앙일보에서 불을 붙인 '사랑의 네트워크 운동'은 이를 주관한 한인회장의 노고로 더욱 빛을 발했다. 팬아시안 커뮤니티 센터와 아시안 아메리칸 복지재단과 더불어 새롭게 교포들을 위하여 패밀리 케어 센터를 설립한 것은 우리 한인사회의 크나큰 쾌거라고 볼 수 있다.

이달 초 이탈리아 로마에서 공부하는 학생이 애틀랜타 불우이웃 돕기 음악회를 개최했다. 이때 단장인 학생이 청중에게 노래가 끝날 때마다 감동했다면 브라보라고 소리치며 손뼉을 치라고 오페라 음악의 본고장 에티켓을 가르쳐 주었던 것이 기억난다. 현장감 있고 사람들의 심기를 일깨워주는 새로운 칭찬 방법으로 참신한 느낌을 얻은 바 있다.

한인신문을 볼 때마다 지극히 작은 내 형제를 돌보고 이민자 가정을 지키겠다는 "여러분을 돕고 싶습니다"란 제목의 애틀랜타 한인회의 광고를 본다. 외롭고 어려운 이민자인 우리에게 큰 위안과 소망을 준다. 패밀리 케어 센터의 초대 소장으로 수고하시는 김재홍 목사, 함께하는 이국자 한인회 부회장, 김수경 행정처장, 유재순 사무장, 김상현 사무총장과 한인회 모든 임원에게 '브라보'라고 박수를 보낸다.

한인회장은 2년마다 한 명씩 선출된다. 100년이 지나야 50명의 한인회장이 생기는 셈이다. 미국의 큰 도시에서도 한인회장은 한 명 나오고, 작은 도시에서도 한 명의 한인회장이 나온다. 한인회장이라면 크고 작은 도시를 따지지 않는다. 현직 한인회장은 미국의 한인 사회를 대표하는 회장으로 어려운 일을 도맡아 하는 자리이지만, 정작 한인회장으로서의 값어치는 회장 임기가 끝난 후에 평가된다.

한인회장은 어려운 자리이지만, 보람 있는 자리이고, 애틀랜타 한인역사에 길이 남는 자리다. 28대 한인회 현직 회장인 은종국 회장에게, 앞으로의 임기 기간 동안에도 함께 도우며 노력하여 더욱 아름다운 사랑의 공동체를 이루어 모범적인 한인회를 만들어 갈 수 있기를 바라는 마음 간절하다.

좋은 인간관계로
삶을 풍성하게

지난주 애틀랜타 기독실업인협회(CBMC) 월례모임에서는 한국 바이텍 시스템 회장인 한국 CBMC 전략위원장 이백용 사장의 특강이 있었다. 이 회장은 주일학교와 가정 사역이 교회 안에 들어온 것처럼, 일터 사역 또한 언젠가 교회 사역으로 발전하게 될 것이라고 말했다.

많은 교인이 일요일에는 하나님을 섬기다가 월요일 아침만 되면 하나님과의 연결 스위치를 끄고 가정과 일터와 사회생활에서 무신론자가 되는 교인들이 많다고 지적했다.

CBMC는 1930년 세계 대경제공황기에 미국에서 시작되어 지금은 전 세계 90여 개 국가로 확장되었다. 한국에는 1952년 한국전쟁 중에 소개되었는데, 당시 CBMC는 전후 복구사업과 교계후원 사업을 활발히 펼쳤다. 부활절 예배를 하나로 만들었고, 여러 가지로 나뉘어 불리던 찬송가를 하나로 통일시켰다. 국가조찬 기도회를 통하여 국가 지도자들을 위하여 기도하는 등 복음을 전하는 사역도 하였다.

북미주 CBMC는 1975년 남가주 한인 지회 창립을 시작으로, 현재 50개 지회가 미국과 캐나다에서 활발한 활동을 전개하고 있다. 또한, 함께 CBMC 대학과 CBMC CEO School을 운영하고 있다. CBMC 대학은 한국에서 가장 영향력 있는 경제단체가 되어, 건강한 비즈니스 문화와 가치를 창조하자는 CBMC 비전을 함께하고 있다. CBMC 비전은 '비즈니스 세계에 하나님 나라가 임하게 한다' 로 기독실업인과 전문인들이 자신의 일터가 부름 받은 사역자로서, 성경적 경영을 구현함으로 믿지 않는 사람들을 예수 그리스도께 인도하고 있다.

또한, 교회만의 신앙생활이 아니라 가정과 일터에서 교회에서 배우지 못하는 것을 전문적으로 가르쳐 줌으로써, 이웃에 대한 사랑을 실천하고 공의가 실현되도록 도와준다. 작년에 애틀랜타에 강사로 왔던 두상달 전 한국 CBMC 전국 부회장은 애틀랜타 회원에게 엄청난 말씀을 하였다.

"비즈니스를 경영하는 여러분은 백만장자가 되어야 합니다. 그렇지 못하면 여러분은 범죄자입니다. 그리고 크리스천으로서 크리스천처럼 살지 않는다면 그것도 범죄입니다. 돈은 이웃을 위하여 나누기 위해 벌어야 합니다. 더 나누기 원한다면 더 많이 벌어야 합니다. 또한, 여러분의 언행은 예수님이 가르치신 대로 행하여야 합니다."

두 전 회장의 강의는 교회나 어떤 모임에서도 듣지 못한 말이었다. 미국에서는 빌 게이츠, 워런 버핏 등 114명의 억만장자가 사회에 재산의 절반 또는 그 이상을 생전 또는 사후에 기증하자는 기부 서약을 했다.

한국에서는 CBMC가 이 운동을 하고 있다. CBMC의 성경적 경영 기법을 배우고, 애틀랜타는 물론 북미주 50개 지회 회원이 함께하는 대회에 참가함으로 신앙과 인격을 갖춘 기업인, 전문인을 만나고 친교를 하게 된다. 그뿐 아니라 한국 지회, 중동, 중국, 유럽 지회의 수많은 회원을 만나 인적 교류 정보교환 경영기법을 배우게 된다.

애틀랜타에 많은 단체가 있지만, CBMC는 교회에 다니는 사람은 물론, 그렇지 않은 사람을 더욱 환영하는 단체다. 필자는 애틀랜타 한인회장을 지낸 후 애틀랜타 CBMC 지회장과 북미주 전국 부회장을 지낸 바 있다. 이를 통하여 미국과 캐나다 여러 중요 도시에서 활동하는 기업인, 전문인 등 명사들을 사귀게 되었다. 한국을 방문할 때도 지역사회에 여러 방법으로 나눔을 실천하는 기업인들을 만나 크게 감동하였다.

애틀랜타 CBMC는 매달 정기모임 외에도 매주 중앙회에서 만든 기업의 성서적 경영 교재로 공부하고 토론한다. 또한, 매주 목요일

점심시간을 이용하여 사랑방이란 이름으로 자기 계발에 힘쓴다. 좋은 책을 선정하여 새로운 경영기법, 리더십, 좋은 습관 만들기를 공부하면서 자기의 경험을 토대로 한 사례발표와 토론을 한다.

좋은 친구를 사귀고 인간관계를 넓히는 것은 세상을 살며 가장 중요한 것 중 하나다. 애틀랜타 CBMC는 문턱이 높은 단체가 아닌 모임이다. 애틀랜타 CBMC 소식을 더 자세히 알고 싶다면 인터넷 홈페이지(http://www.kcbmcna.org/)를 참조하면 된다. 늘 도전하는 단체인 CBMC에 많은 분이 문을 두드리는 바람에서 오늘도 기도한다.

동네 도서관의
즐거움

2013년 5월은 조지아 주에서 남북전쟁이 끝난 지 꼭 150년이 되는 달이다. 150년 전 미국은 역사상 가장 피비린내 나는 전쟁을 치렀고, 미국인에게 양심에 가장 큰 충격을 던져 주었다. 북군은 셔먼 장군의 지휘하에 테네시 주를 넘어 애틀랜타를 함락하기 위해, 1864년 5월 5일 차타누가에서 철로를 따라 조지아 주를 넘어 남쪽으로 진격했다.

북군과 남군은 멕시코 전쟁에서도 함께 싸웠고, 남군의 사령관인 리 장군은 웨스트포인트 육군사관학교를 졸업했기에 남북군인들 간에도 개인적으로 아는 사람들이 많았다. 마침내 7월 22일 디캡 카운티 서쪽과 지금의 지미 카터 센터가 있는 부근에서 애틀랜타 전투의 막이 올랐다. 이 전투로 북군 3,641명과 남군 8,499명이 전사했다. 그 후 북군은 앨라배마의 몽고메리와 애틀랜타 남쪽 메이컨을 점령했다. 또 한쪽으로는 라스웰에서 도라빌과 터커를 거쳐 철도를 파괴하면서 스톤마운틴에서도 큰 전투를 치렀다. 그리고 조지아 주 항구 사바나로 진격하여 이곳을 함락시켰다.

이처럼 남부 대부분이 북군에 항복하면서 남북전쟁이 끝나고 링컨 대통령은 재선되었다. 지금의 스톤마운틴에는 남북전쟁을 기념하는 가장 큰 기념물이 있다. 당시 남부 대통령 제퍼슨 데이비스, 남군 총사령관 로버트 리 장군과 스톤웰 장군의 모습이 바위에 새겨져 있다.

이상의 내용은 필자가 사는 집에서 걸어서 5분 거리에 있는 동네 도서관에서 열린 남북전쟁 기념행사에서 들은 이야기다. 도서관 입구에는 남군 복장을 한 군인이 전쟁 때 사용한 갖가지 총과 싸움터에서 찾은 총알, 무기, 대포를 가져와 전시했다.

강사로 나온 사람은 평생을 철도회사의 검표원으로 근무하다가 은퇴한 후 '터커의 역사'(A History of Tuker 1821~1942)를 집필한 87세의 노인 앨리어스 팀(Alias Tim)이다. 필자는 에모리대 근처에 사는데, 그의 책을 읽어보니 우리 동네의 자세한 역사를 알 수 있었다. 책에 따르면 터커에 처음 정착한 가족은 윌리엄과 메리 네스빗이다. 1817년 당시 그가 직접 지은 집은 인디언 오솔길 드라이브 부근으로 귀넷 카운티 경계선 바로 너머에 지금도 남아 있다. 이러한 사람들이 있기에 남북전쟁 당시 우리 동네 역사를 더욱 자세히 알 수 있었다. 이들처럼 우리도 애틀랜타 한인 이민사를 더 자세히 써야 할 것이다.

필자는 요즘 매일같이 오전 10시면 출근하듯이 도서관으로 간다. 넓은 공간, 여러 테이블과 안락한 의자, 각종 월간·주간 잡지와 여러 분야의 책들이 갖춰져 있다. 책은 물론 각종 CD와 DVD를 빌려 갈 수도 있다. 한 주의 뉴스를 정리하여 나오는 '더 위크'(The Week) 지는 뉴스 속의 뉴스를 알 수 있기에 읽게 되고, 내셔널지오그래픽은 우리가 사는 세계와 자연, 인간에 대한 호기심과 관심을 끌게 하기에 자주 보게 된다. 또 도서관에는 월별·계절별로 각종 음악회, 미술전시회, 여러 강연이 연중 계속되고 있다.

가끔 책을 읽다 눈이 피곤하면 창가로 자리를 옮겨 밖을 내다본다. 창밖의 푸른 나무와 아름다운 꽃, 또 하늘에 흐르는 흰 구름을 바라보며 한숨 돌아가는 여유를 갖게 된다. 유독 필자가 이용하는 도서관에는 주말이면 자원봉사자가 도서관 주변에 자기 집처럼 나무를 심고 꽃을 가꾸는 모습을 자주 본다. 이러한 사람들의 숨은 봉사야말로 미국 사회를 건강하게 키우는 힘이 된다.

도서관에서 조용한 시간을 보내다 보면, 스스로 지난날을 반성하면서 남은 생을 의미 있게 살아야겠다고 명상하게 된다. 10년 전 현재 집을 매매할 때 무엇보다 도서관이 가깝기에 결정했는데, 이처럼 내게 좋은 시간으로 돌아온다. 어느 나이 때나 필요한 곳이지만, 나이 들어 가장 가까이하고 가장 친하게 지낼 곳은 누가 뭐라 해도 도서관이 아닐까 싶다. 모든 것이 무료이면서도 인생의 깊은 내면을 바라보게 되는 곳이 바로 동네 도서관이다.

애틀랜타 밤하늘을 수놓은 한인남성합창단

미국에 살면서 꼭 필요한 것 중 하나는 우리가 신발처럼 사용하는 자동차이다. 그래서 자기가 타는 차는 계속 점검하고 정비해야 한다. 자동차 정비에 게으르다 보면, 반드시 문제가 발생한다. 운전 중 도로 위에서 멈추기도 하고, 어떤 때는 엔진 시동이 걸리지 않을 때도 있다.

건강을 위해 주치의를 정하듯, 자동차도 일정한 곳에서 자기 자동차를 잘 아는 사람에게 맡기면 시간도 절약되고 경비도 줄게 된다. 필자의 단골 정비소는 한인타운인 남쪽 뷰포드 하이웨이에 위치한 '프로정비 바디숍'이다. 이 숍의 사장인 강석원 씨와 아들 강바울 씨는 늘 한치의 오차도 없는 친절한 서비스로 우리 가족의 자동차를 돌보아준다. 특히 아들인 바울이 가끔 유니폼에 기름을 묻힌 채 거구의 몸으로 열심히 일하는 모습을 보곤 한다.

어느 날 강 사장이 내게 봉투를 건네주었다. 열어보니 애틀랜타 기독남성합창단 정기연주회 초청장이었다. 놀랍게도 합창단의 단장은 프로정비 바디숍의 강 사장이었고, 아들 강바울은 테너였다. 강 단장의 말을 듣고 합창단의 역사를 알 수 있었다.

이 합창단은 15년 전 애틀랜타에 남성들로 구성된 합창단이 하나도 없을 때, 뜻있는 몇몇 사람들이 모여 이민자들에게 삶의 위로와 희망을 주고, 지역선교 및 찬양을 위해 창단됐다. 매주 월요일 애틀랜타 각지에서 모인 단원들이 두 시간 넘도록 연습한다고 한다. 나이와 세대에 관계없이 젊은이로부터 나이 든 시니어까지 다양한 단원으로 구성되었다. 그 중 올해 여든 살이 넘은 목사 백신기 단원은 귀가 잘 들리지 않아 보청기를 사용한다고 한다. 그러다보니 더 많은 노력으로 어려움을 극복하며 훌륭한 단원으로 활약한다고 한다.

강 사장은 지휘자와 더불어 합창단의 두 기둥인 단장으로서 단원들의 뒷바라지에 힘쓰고 있다. 사람이 이 세상을 살아가려면 혼자서는 살 수 없고 다른 사람과 협력하며 살아간다. 이렇듯 모든 단원은 서로 힘을 모아 어울리며, 합창으로 남에게 즐거움을 주기 위해 고단한 일을 마치고 열심히 기쁘게 연습한다고 한다.

마침내 기독남성합창단 공연이 연합장로교회에서 열렸다. 너무나 모아북스는 경제, 경영, 자기계발, 동기부여, 에세이, 자서전, 건강도서, 비즈니스 가이드 출판을 목적으로 많지는 않지만 꾸준히 책을 출간해 오고 있습니다. 독자들에게 발빠른 정보를 전달하고자 분명한 뜻이 담겨있는 책과 일관된 정신이 깃든 책을 내고자하는 출판정신을 고수하는 전문가로 구성되어 있습니다. 모아북스의 책은 쉽고 재미있게 구성되어 있으며 누구나가 이해하기 쉬운 언어로 표현되었습니다. 또한 감각적인 디자인과 편집으로 엮어져 있습니다. 시대와 함께 자기 변화를 위해 꿈을 꾸는 많은 독자의 기대에 어긋남이 없도록 유익한 정보전달 파수꾼으로 최선을 다 하겠습니다.

| 살·아·있·는·지·식·과·건·강·정·보·가·숨·쉬·는·곳 |

모아북스
MOABOOKS

경기도 고양시 일산동구 호수로 358-25번지(백석동, 동문타워2차 519호)

대표전화 : 0505-627-9784   www.moabooks.com
원고 보낼 곳 : moabooks@hanmail.net

은혜로운 공연을 보았다. 곡목이 끝날 때마다 많은 박수 속에 잊지 못할 감동을 받았다. 18곡의 합창곡 발표 중, 솔리스트인 단장의 아들 노래는 음악에 대해 잘 모르는 필자도 깜짝 놀라게 했다. 거구인 그에게서 나오는 음색, 성량과 무대 매너는 세계적인 테너 가수인 루치아노 파바로티를 연상케 했다. 아버지와 함께 일할 때는 온몸을 기름과 땀으로 적셔 가며 일하던 그 청년의 아름다운 노래에 매료되었다. 공연 후에 알게 되었는데, 아들인 강바울은 고등학교 시절 첼로에 능했고, 지금도 음악에 대해 열정을 갖고 있다고 한다.

영국의 스타 성악가인 '폴 포츠'는 한때는 휴대폰 판매원이었다. 폴은 초라한 모습, 가난과 왕따, 교통사고, 종양수술 등 어려운 환경 속에도 오페라 가수의 꿈을 꾸며 살아가던 남자였다. 2007년 영국의 오디션 TV 프로그램에 출연해 우승하여 순식간에 전 세계적 스타덤에 올랐다. 그가 '브리튼즈 갓 텔런트'에 처음 출전한 영상은 지금 인터넷 '유튜브'에 누적 1억 건 이상의 조회수를 기록하고 있다. 폴은 그후 승승장구하여 그의 앨범은 밀리언셀러의 성공을 거두며 인기를 이어 가고 있다.

우리의 한인 청년들도 지금이라도 음악공부를 계속하여 기회를 갖는다면 '한국판 폴 포츠'가 되지 말란 법은 없다. 본인의 의지도 중요하나, 주위의 격려, 부모의 관심과 돌봄이 필요하다. 행복한 성공을 위한 첫 번째 요소는 바로 꿈이라고 생각한다. 사람은 꿈의 크기만큼 자란다고 한다.

　11월 들어 애틀랜타 한인사회에 어느 때보다도 문화행사가 많이 열리고 있다. 음악회, 미술전, 문학인들의 시 낭독, 문학 발표 등이 이어지고 있다. 그런 과정에서 우리의 꿈나무도 탄생하는 법이다. 우리 생활에 활력을 주는 예술인들에게 격려와 관심을 줄 수 있도록, 우리 한인이 자주 공연장과 발표장을 방문하기 바란다. 그리하여 LA, 뉴욕에 이어 미주 3대 한인사회인 애틀랜타에 문화예술 활동이 더욱 활발해지기를 기대한다.

가을 문화의
산책

아침저녁마다 집에서 기르는 강아지 메이와 함께 동네를 산책하는 것이 일상이다. 봄에 싹이 나고 꽃을 피우던 것이, 11월 들어서는 여름의 푸름을 뒤로 남겨두고 떨어지는 낙엽을 보게 된다. 가을 한때나마 낙엽이 한잎 두잎 낮은 곳으로 내려앉는 것을 보며 사색하는 시간을 가진다. 낙엽은 그동안 무거웠던 짐을 내려놓으며 세상에 나누어 줄 것이 제 몸 전부인 양 떨어지고 만다.

뉴욕이 신라의 황금빛에 물들었다는 기사를 보았다. 금동 미륵보살과 금관 등 신라의 전성기 국보를 만날 수 있는 대규모 전시회가 서구에서는 사상 처음으로 뉴욕 메트로폴리탄 박물관에서 열리고 있다고 한다.

박물관 관장은 이렇게 소개했다.

"신라왕국의 눈부신 예술과 문화를 직접 보고 느낄 수 있는 흔치 않은 기회가 될 것이다. 아름다움과 풍부한 역사를 자랑하는 유물을 통해 관람객은 신비로운 왕국의 세계로 인도될 것이다."

이에 뉴욕 한국 문화원장은 다음과 같이 말했다.

"한국의 찬란한 역사와 문화가 전 세계로 퍼지고, 특히 젊은 세대에게 교육할 기회가 되기를 바란다."

가을은 수확의 계절, 감사의 계절, 사색의 계절이다. 변화하는 계절 속에 뉴욕에 직접 못 가보더라도, 미를 기반으로 하는 창조적인 활동인 예술의 세계를 애틀랜타에서 느껴보는 것도 어떨까 한다. 최근 애틀랜타 저널(AJC)과 애틀랜타 중앙일보 기사를 보니 애틀랜타 하이 뮤지엄에서 루브르 튈르리 정원의 미술전이 개막했다고 한다. 필자도 이 전시회에 다녀왔는데, 여러분과 감상을 함께 나누고 싶다. 애틀랜타 미드타운에 가면 미국에서도 가강 큰 예술의 전당의 하나인 우드러프 아트센터(Woodruff Art Center)가 있다. 코카콜라의 로버트 W. 우드러프와 익명의 기부자가 설립한 이곳은 크게 5곳으로 분류된다.

젊은이 교육을 위한 영 오디언스(Young Audiences), 에미상에 빛나는 애틀랜타 교향악단(Atlanta Symphony), 토니상을 여러 번 수

상한 얼라이언스 극단(Alliance Theatre), 다양한 예술품을 전시하는 하이 뮤지엄 오브 아트(High Museum of Art), 그리고 14번가 극장 (14TH Street Play House)이다. 이곳의 주소는 1280 Peachtree street N.E Atlanta. GA. 30309이고, 연락처는 404-733-4200이다.

이중 하나인 하이 뮤지엄은 대화가 피카소, 모네, 마네, 렘브란트, 반 고흐 등의 작품 전시회도 개최한 곳이다. 이 미술관은 프랑스 루브르 박물관과 특별한 관계를 맺고, 프랑스 밖으로 한 번도 나가본 적이 없는 조각, 미술 작품을 자주 전시하고 있다.

루브르 박물관은 세계 3대 박물관의 하나로 1190년 건설 당시 요새에 불과했지만, 16세기 중반 왕궁으로 재건축되면서 그 규모가 커졌다. 1793년 궁전 일부가 중앙 미술관으로 사용되면서 루브르는 궁전의 틀을 벗고 박물관으로서의 삶을 시작했다.

이후 5세기 동안 유럽 외의 다양한 지역에서 수집한 회화, 조각 등 수많은 예술품이 30만 점에 이룬다. 필자가 파리로 여행 갔을 때 루브르 박물관에 가보았는데, 일주일이 걸려도 다 못 볼 정도로 크고 다양하고 거대했다.

그러나 이제 애틀랜타에서도 루브르 소장품을 자세히 볼 수 있게 됐다. 이번 전시회는 파리에서 가장 매력적인 루브르의 튈르리 정원에서 온 작품이다. 이 미술관의 회원으로 가입하면 할인은 물론 각종 혜택을 받을 수 있다.

필자는 미국 친구와 함께 다니면서 미국 예술의 한 단면이나마 배우고 공부하게 된다. 어떨 때는 수많은 관람객이 줄 서서 기다리곤 한다. 조지아 주는 물론 다른 주에서도 많은 학생이 견학 차 오기도 한다. 그런데 갈 때마다 동양인은 드물다.

바쁜 이민 생활 속에 미술관 관람이 쉽지는 않을 것이다. 하지만 외국 또는 뉴욕 등 큰 도시로 가지는 못하더라도, 일 년에 한 번쯤 은 자녀 교육을 앞세워서 미술관에 가보면 어떨까. 이번 가을에는 애틀랜타 한인 가족이 함께 루브르에서 온 예술의 향기를 맛보길 권한다.

애틀랜타의
쎄시봉

한국에서 최근 작가 김종철이 쓴 〈
쎄씨봉〉이라는 책이 출간되었다. 이 책에 의하면 쎄씨봉은 1953년
생긴 한국 최초의 대중음악 감상실이라고 한다. 저자는 이 책에서
좋은 음악은 시대가 변해도 그 가치를 함께 할 수 있다고 썼다.

서정적 노래를 부르는 자유분방한 광대 조영남, 영혼과 육체의 화
음으로 노래하는 송창식, 청아하고 경쾌한 윤형주의 음악, 늙어서도
젊음을 노래하는 김세환. 2010년 MBC에 다시 그들이 출연하면서
남녀노소에게 큰 반향을 일으켰다. 통기타와 생맥주, 청바지가 문화
의 주류를 이루었던 1960~1970년대 청년문화를 이끌었던 가장 대
표적인 음악 감상실이 바로 쎄시봉이다. '저 별은 나의 별, 우리의

이야기' 등 주옥같은 노래들이 가슴 벅차게 다시 흘러나온다. 그 중에서 윤형주의 '우리의 이야기'의 가사는 이러하다.

"웃음 짓는 커다란 눈동자 긴 머리에 말 없는 웃음이 라일락 꽃향기를 날리던 날 교정에서 우리는 만났소. 밤하늘에 별만큼이나 수많았던 우리의 이야기들 바람같이 간다고 해도 언제라도 난 안 잊을 테요."

가슴이 뭉클대는, 옛 추억을 자아내는 영원히 청춘 같았던 시간도 흘러갔다. 이제 필자도 그 또래의 아이들을 키우는 나이가 되었지만, 마음은 여전히 그때 그대로다. 이처럼 쎄시봉 열풍 현상은 단순한 복고가 아니라, 오늘을 사는 사람들이 무엇인가를 새삼 깨닫게 하는 각성제가 아닐까 싶다. 그때의 순수, 열정, 사랑의 마음을 잊고 참 정신없이 달려온 우리가 아닌가 공감된다.

우연한 기회에 둘루스 멕다니엘 스퀘어몰에 있는 쎄시봉이란 경양식집에 갈 기회가 있었다. 지난날 한국에서 음악을 통하여 옛 추억을 떠오르게 하는 분위기가 물씬 풍겼다. 앞에 있는 작은 무대에는 피아노 건반, 기타, 더블베이스, 색소폰이 등 꽉 차게 들어서 있고, 벽에는 팬, 플루트, 바이올린 등 수많은 악기가 걸려 있다.

이 모든 악기를 모두 다룰 줄 안다는 이 집의 김철환 대표와 이야기를 나누어 보았다. 그는 한국에서 교회 성가대 지휘를 35년간 하였다. YMCA에서 총괄 음악 담당을 하여 '씽얼롱'이란 프로그램을 진행하였고, 거기에서 함께 일하다 만난 여성이 지금의 부인이라고 한다. 그리고 1988년 서울올림픽 때 최연소 음악 감독으로도 활약했다. 또 '열린 음악회'의 기획위원으로 일하면서 젊은 세대와 기성 세대가 소통하는 장으로도 승화시키기도 하였다. 또한, 시민의식 운동의 하나로 주부 노래교실을 처음 만들었다. 그 후 KBS와 SBS 미디어산업 초기 생음악을 개발하고 진행하였다.

그는 8년 전 문화이민 1호로 캐나다에 이민 왔다. 그 후 미국에 온 후 노스캐롤라이나 샬럿에 살다가 그만 아들이 사고로 사망했다고 한다. 그 뒤 애틀랜타에 와보니 중년 세대들이 갈 곳이 마땅치 않은 것을 보고, 또 아들을 잃은 아픔을 잊기 위해 지금의 쎄시봉을 개업했다고 한다.

쎄시봉은 시작한 지 1년도 안 되었기에 아직 어려움이 있다고 한다. 가게는 월요일만 쉬고 일주일 6일 문을 연다. 특히 금요일에는 '나는 가수다'라는 시간이 있다. 그동안 애틀랜타의 음악인, 또 여행 중 들른 오페라 가수, 성악가 교수, 샹송 가수, 대중가요 가수도 무대에 나왔고, 일반인도 무대에서 노래를 부를 수 있다고 한다. 몇 주 전 색소폰 동호인들이 와서 연주하며 즐거워하였다고 한다.

이 가게는 학창시절에 추억이 담긴 함박스테이크, 돈가스, 생선커틀릿이 메뉴다. 이러한 음식과 음악을 즐기며 옛날 청춘으로 돌아가 힘든 일이 있으면 어려움을 극복하고 다시 시작할 힘을 갖게 될 것이다. 김 대표는 앞으로 쎄시봉이 한인사회의 문화공간으로서 모노드라마, 시 낭송과 사진 및 그림 전시회, 작은 음악 발표회, 동호인들의 만남의 장소가 되기를 꿈꾸고 있다.

필자는 그와 같은 나이 또래의 회원으로 친목을 하며, 매년 외국여행을 떠나는 모임의 회장직을 맡고 있다. 지난달 모임에서는 올해 연말 모임은 옛 추억을 떠올리고 전문 음향시설을 갖춘 쎄시봉에서 갖기로 정했다. 사실 LA나 뉴욕 어디에도 이러한 분위기나 생음악을 즐길 곳이 없다. 이처럼 낭만적이고 편안한 애틀랜타의 쎄시봉에서 친한 친구나 다른 지역, 한국에서 온 손님을 모시고 와서 즐거운 시간 나누기를 권하고 싶다.

주립교도소에서
함께한 점심식사

교도소! 말만 들어도 무서운 곳으로 자원봉사를 하러 떠나게 되었다. 우리가 향한 곳은 조지아 주 사바나 인근에 있는 스미스 주립교도소다. 중범죄자만 수감하는 최고 등급 교도소 중 한 곳으로, 지난 6년 동안 6명의 죄수가 살해당한 적이 있다. 올해 초 일찍 자원봉사를 떠나려 했으나 감옥 안에서 살인사건이 발생해 출발이 계속 연기됐다. 마침내 4월 26일, 교도소 배식 자원봉사를 떠날 수 있게 되었다.

교도소에 들어서자마자 무시무시한 분위기에 압도됐다. 박박 깎은 대머리에 날카로운 눈빛, 온몸에는 문신한 죄수들이 수백 명이 넘었다. 그들의 눈치를 살피며 교도소 조리실로 갔다. 교도소 부엌에 외부인이 들어간 것은 우리가 처음이라고 한다. 한인 교도소선교회의 김철식 집사와 김우식 장로, 그리고 박동진 선교사가 오랜 기간 교도소 봉사를 하며 쌓아온 신뢰 덕분이라고 한다.

한식 조리가 끝나고 배식이 시작되었다. 모범수 300명은 줄을 서서 음식을 받고, 나머지 1,500명은 따로 배식하게 되었다. 비교적 고령인 나는 모범수에게 에그롤과 바나나 배식을 하는 비교적 쉬운 일을 맡았다. 그런데 박동진 선교사 배식하기 전에 충고해 주었다.

"상대가 죄수라도 성심성의껏 배식해 주시고 가능한 한 음식을 많이 주세요. 터진 음식은 배식하지 마세요. 죄수들이 무시당한다고 오해합니다."

배식하다 보니 한도 끝도 없었다. 이러다가 밥이 떨어지게 생겼다. 내게 배당된 배식 대상이 300명이라고 들었는데, 몰려드는 사람은 끝이 없으니 이상했다. 자세히 보니, 밥을 먹은 죄수가 또 먹고 있었다. 한 죄수를 눈여겨보니 시치미를 뚝 떼고 대기줄 맨 뒤로 돌아가 4번이나 배식을 받는다. 알고 보니 요즘 죄수들이 금, 토, 일요일에 점심을 거른다고 한다. 연방정부 예산삭감으로 교도소 예산이 줄었기 때문이라고 한다. 아무리 죄를 지었다지만 삼시세끼도 제대로 못 챙겨 먹는 그들을 보니 딱한 생각이 들었다.

우리는 배식을 마친 후 음악 공연하는 시간을 가졌다. 죄수들은 처음엔 시큰둥한 눈치였다. 찬양사역자 지노 박 씨가 모두 일어나라고 했다. 열정적으로 공연하니 불과 30분 만에 분위기가 싹 바뀌었다. 죄수 수백 명이 참가해 손을 높게 들고 노래를 따라 부르기 시작했다. 몸을 흔들고 춤추며 "할렐루야"를 외친다. 그런 광경은 난생처음 보았다.

안선홍 섬기는 교회 목사가 설교하기 시작했다.

"꿈을 가지십시오. 독방에 갇혀 있어도 하나님이 함께 계십니다. 여러분만 죄인입니까. 우리도 죄인입니다. 그러니까 우리는 모두 형제입니다."

죄수들은 목사의 설교에 감명을 받은 듯했다. 교도소에 도착한 지 불과 3~4시간 만에 죄수들은 우리를 부둥켜안기 시작했다. 못내 아쉬워하는 죄수들에게 올 추수감사절 또다시 또 오겠다는 약속을 했다.

오늘 김철식 집사, 김우식 장로, 박동진 선교사가 자리를 만들고 미션아가페의 제임스 송, 이창후, 이은자 씨가 사재를 털어 음식을 준비했다. 봉사에 나선 애틀랜타 한인교회, 연합장로교회, 섬기는 교회 교우들도 고생하였다. 성경에는 옥에 갇힌 자, 주린 자, 소외된 자들에게 사랑을 실천하라고 했다. 오늘 죄수에게 밥을 먹였으니 그들도 은혜를 받았지만, 우리도 은혜를 받았다.

감옥에서 울려 퍼지는 아리랑

조지아 주 사바나 인근에 있는 스미스 주립교도소에 봉사활동을 다녀왔다. 올해로 세 번째다. 마침 가는 날이 공교롭게도 뉴욕의 무역센터가 테러로 무너진 9월 11일이었다. 첫해는 미션 아가페와 3개의 교회봉사자들로 시작한 행사가 이번에는 8개 교회의 교인 70여 명이 참석하는 행사로 두 배 가까이 커졌다. 교도소 재소자들은 연방정부의 예산삭감으로 금·토·일요일에는 점심을 먹지 못하기에, 2천여 명 분의 쌀과 채소, 에그롤, 과일, 과자를 트럭으로 운반했다.

주방에서 음식을 굽고 끓이다 보니 덥고 땀을 흘리느라 배식하는 일이 쉽지만 않았다. 애틀랜타 총영사관의 손창현 영사가 지난해에 이어 올해도 교도소 책임자를 만나고, 한인 재소자들의 애로사항을 듣고 일행을 격려해 주었다.

이곳에 와서 특별한 소식을 들었다. 다름 아닌 22년 전 애틀랜타 한인타운에서 발생한 사상 최초의 한인끼리의 살인사건에 연루된 한인 재소자가 모범수로 감형받아 얼마 전 출소했다는 것이다. 20대 한인들끼리 저지른 살인은 당시 한인사회에 큰 충격이었고, 애틀랜타 청소년센터를 창립하는 계기가 됐다. 이는 본인의 모범적인 수형 생활, 그리고 우리 한인이 이곳에 와서 수많은 재소자에게 베푸는 순수한 여러 봉사로 쌓인 사랑과 노력의 결과가 아닐까 싶다.

또한, 놀라운 사실은 한인 재소자가 미국인 재소자들을 위해 수업 시간을 틈타 한글을 가르친다는 것이었다. 미국인 학생 재소자가 쓴 한글 작문을 필자가 입수했는데, 글 일부는 다음과 같다.

"성경 속 착한 사마리아인의 이야기입니다. 제사장과 레위인도 누군가의 손에 버려진 채로 길옆에 쓰러져있는 사람을 지나가고 있었습니다. 이처럼 매일 수많은 사람은 도로 옆에 버려져 있는 교도소 안의 우리를 지나가고 있었습니다. 그러나 어느 날 하나님의 약속을 지닌 친절한 아주머니와 그분의 남편이 함께 이곳으로 운전하고 있었습니다. 복음에 나오는 여행객처럼 그분들은 멈추기로 하였습니다. 예수님의 복음과 함께 이곳 안에 있는 저희에게 도움과 제2

의 삶의 기회를 주고자 교도소 체플린이 되셨습니다. 이분들을 우리
는 모두 잘 알고 있습니다. 다름 아닌 김우식 장로님과 김철식 집사
님, 그리고 예수 사랑을 나누는 분들입니다. 그분들은 우리에게 사
랑과 희망을 주었고, 어느 날 우리가 교도소 밖을 나가게 된다면 우
리도 거꾸로 도움이 필요한 사람을 돕도록, 이곳에서 준비하는 우리
가 되도록 귀한 선물을 주고 있습니다. 아가페 제임스 송 대표와 봉
사하는 모든 분에게 진심으로 감사하고 사랑합니다.

2014년 9월 12일 헤이스 크리스토퍼 씀.'

이 글은 필자의 가슴과 마음을 울려주었다.

올해도 애틀랜타 출신으로 한국에서 활약 중인 음악가 지노 박의
피아노 연주와 찬양, 한인교회 중창단의 '어메이징 그레이스'
(Amazing Grace)와 '예수 나를 사랑하시네' (Jesus loves me) 등의
노래는 재소자들 마음의 문을 열어 주었다.

올해는 지난번보다 다양한 프로그램이 있었다. 우리가 제기차기
를 가르쳐 주니, 재소자들이 우리보다 제기를 더 잘 찼다. 재소자 대
표선수들과 경기를 해 이긴 선수들에게 상금을 주니 무척 기뻐하였
다.

무엇보다 30명 가까운 재소자들이 무대 앞에 나와 우리에게 그동
안 배운 '아리랑'을 악보도 안 보고 거의 정확한 발음으로 1절과 2

절을 합창으로 노래하였다. 함께 간 70여 명의 봉사자도 다 같이 노래를 불렀고, 손을 맞잡고 눈물을 흘리기도 하였다. 다시 만날 것을 약속하며 서로 부둥켜안아 주었다.

몸은 피곤하고 힘들었지만 많은 은혜를 받았다. 죄는 밉지만, 우리 가운데 가장 외롭고 소외된 죄수들을 돌보는 것은 귀한 일이라 생각한다. 해가 갈수록 교도소에 가서 우리 한인 재소자는 물론, 수많은 미국인에게 희망을 주는 뜻있고 아름다운 봉사 활동이 계속되기를 바란다.

God Bless You.
I Love You

　　　　　　　　지난 10월 25일 조지아 주 사바나 인근에 자리한 스미스 주립 교도소에 다녀왔다. 아가페, 연합장로교회, 한인교회, 섬기는 교회, 잔스크릭 장로교회 교인들과 함께였다.

　40여 명의 봉사자가 새벽 2시 30분에 연합장로교회에 모여 2,300명이 먹을 음식 재료와 음료수 등을 자동차에 실었다. 그리고 출발하기 전 모두 손을 잡고 기도한 후 교도소로 향했다.

　지난 봄 교도소에 갔을 때 사랑에 굶주린 죄수들이 다시 와 달라는 요청이 있었기에, 올해가 가기 전 추수감사절 전에 오겠다는 약속을 한 적이 있었다.

그곳은 중범죄자만 수감하는 최고등급 교도소로, 한 빌딩에서 다른 빌딩으로 가려고 해도 2중, 3중의 문이 전기로 열리고 닫히며 굉음을 내곤 하였다. 처음엔 박박 깎은 대머리와 문신한 날카로운 인상의 죄수들을 보며 으스스한 분위기에 압도된 적이 있다. 하지만 두 번째 가다 보니 처음보다 낯설지가 않았다. 낯익은 교도관이나 모범수들은 우리를 알아보고 손도 흔들어 주었다.

연방정부 예산삭감으로 금 · 토 · 일요일에는 죄수들에게 점심이 제공되지 않고 있었다. 그러다 보니 밥과 칠면조 고기, 에그롤, 과일을 푸짐하게 식기에 담아 주는데도, 거의 모든 죄수가 지난번처럼 한 번 먹은 후에 두세 번씩 또 먹으러 왔다. 많은 양의 음식을 준비하느라 두 개조로 나눠 주방에서 요리와 배식을 번갈아 했는데, 잠도 제대로 못 자고 봉사하는 일이 중노동과 같았다. 그러나 죄수들이 좋아하고 잘 먹는 모습을 보니 피곤치도 않고 기쁘기만 하였다.

지난번에는 한국인 죄수가 한 명도 없었는데, 이번엔 두 명의 한인 죄수를 만나게 되었다. 박동진 선교사의 노력으로 조지아 교도소에 있는 18명의 한인 죄수들이 이곳으로 한꺼번에 옮겨졌다고 한다. 죄수들과의 개별적 대화나 접근은 금지되어 있지만, 그는 모범수로 우리와 함께 배식 팀에 있어서 이야기를 나눌 수 있었다.

그는 놀랍게도 21년 전 애틀랜타 한인타운 사상 최초의 한인 간의 살인사건에 연루됐던 바로 그 청소년이었다. 당시 애틀랜타의 한인

인구는 3만 명도 되지 않았을 때라, 애틀랜타 한인사회 전체가 충격을 받았다. 이를 계기로 애틀랜타 한인회와 교계가 모여 건전한 청소년을 위한 장을 마련하고 문제의 청소년을 선도하기 위해 '애틀랜타 청소년센터'를 설립했는데, 당시 필자가 초대회장을 맡았다.

그리고 사건의 주인공인 청년은 지난 21년 동안 감방생활을 하고 있었다. 그는 팔팔한 20세 청춘에서 41세의 중년이 되었고, 그때 50대였던 필자는 지금 70대가 되었다. 오랜 세월을 교도소에 갇혀 지낸 그와 그때의 사건 이야기들을 나누었고, 지금도 어머니가 늘 걱정하고 있다는 이야기도 하였다.

얼마나 더 감옥에 있을지 모르지만, 그는 신앙생활 속에서 모범수로 지내고 있었다. 그와 만나 나눈 모든 대화를 지면에 다 쓸 수 없지만, 그는 감옥을 나가고 싶다고 말했다. 나는 그에게 여러 조언을 해 주었다.

"절대로 희망을 버리지 마세요. 하나님이 늘 함께 하십니다. 언젠가는 자유를 얻게 될 겁입니다. 감옥 안에서도 공부하고, 감옥생활의 경험과 떠오르는 생각을 글로 써 봐요."

그는 알겠다고 대답했다. 아들 같고, 동생 같은 그들이 한때의 잘못으로 죄수복을 입고 대부분 흉악범죄를 저지른 죄수들과 함께 지내는 모습을 보니 너무나 측은하였다.

이날 공교롭게도 애틀랜타 총영사관의 손창현 경찰영사가 한인 죄수들을 면담하러 왔다. 손 영사는 이 봉사 덕분에 교도소 소장을 쉽게 만날 수 있었다고 말하였다. 한국의 국력이 커지다 보니, 고국의 경찰영사가 미국의 교도소에 갇혀 있는 수감자들을 면담하고 배려해 모습이 인상 깊었다. 재외국민을 위해 힘쓰는 손창현 경찰영사와 김희범 애틀랜타 총영사, 나아가 고국에 감사한 마음을 갖게 된다.

배식을 끝내고 모두 앞에 나와 가스펠과 찬송가를 부르며 죄수들과 함께 춤을 추고 "할렐루야"를 외쳤다. 뜨거운 찬양과 기도와 함께 하나님이 함께하신다는 메시지를 전하고 내년 봄에 다시 오겠다는 약속을 하였다. 우리는 서로 손을 잡고 부둥켜안기 시작했다. "God Bless You. I love You"를 연발하며 헤어졌다.

이번에 처음 봉사 온 부부는 눈물을 글썽거렸다. 필자도 눈물이 났다. 왜 그럴까? 성경에는 옥에 갇힌 자, 주린 자, 소외된 자를 돌보고 사랑하라고 하였다. 미션아가페 제임스 송 회장과 이창우·이은자 남매, 박동진 선교사 등 모든 봉사자의 얼굴이 천사처럼 보였다. 지난번처럼 그들도 은혜 받았지만, 우리도 더 많은 은혜를 받았다. 앞으로 이런 교도소 선교가 계속되어 더 많은 봉사자와 교회가 함께하기를 기도한다.

미래를 만드는
말하기 습관

사람은 매일같이 일상생활에서 말을 하며 생활한다. 애틀랜타 이민 초기에 교포사회 지도자가 한 말씀이 생각난다.

"미국 생활 중 직장생활을 하거나 미국인을 대하고 만날 때, 한인 1세 대부분은 영어로 듣거나 말할 때 서툴고 어려워하기 때문에 답답한 경우가 많습니다. 그러다 보니 한국 사람들끼리 모이는 한인단체나 한인교회에서 잠재되었던 스트레스를 풀기 위해 여러 말을 하다 보면 문제가 생기게 됩니다. 대인관계에서 남의 처지를 생각하기보다, 자기만의 주관적인 입장에서 말을 할 때가 잦습니다. 심지어 자기 생각과 다르면 나를 공격한다고 생각하여 과격한 이야기, 심지어는 욕까지 하게 됩니다. 결국, 각종 단체에서 내분이 생기고 이민 교회가 갈라지는 경우가 종종 발생하게 되었습니다."

필자도 애틀랜타 이민사회 경험에 비추어보면 위의 말에 공감하게 된다. 평상시 필자도 어떻게 말하고 살아왔는지 돌이켜본다. 최근 애틀랜타에서 성장하는 교회인 '섬기는 교회'의 안선홍 목사의 설교에도 이런 이야기가 있다.

"우리의 언어는 우리의 미래를 만듭니다. 내가 긍정적인 말을 하면 긍정적인 미래가 만들어지는 것이요, 내가 부정적인 말을 하면 부정적인 미래가 만들어집니다. 왜냐하면, 언어가 변하지 않으면 생각이 변할 수 없고, 생각이 변하지 않으면 삶이 변할 수 없기 때문입니다. 이전과 다른 새로운 삶을 살려면 말은 내뱉는 것이 아니라, 마치 도공이 흙으로 도자기를 정성껏 구워내는 것처럼 우리의 언어를 만들어 내야만 합니다."

말은 쉽게 태어나지 않는다. 진통을 겪고 나서야 태어난다. 슬기로운 언어의 주인이 되기 위해서는 무릇 더러운 말은 입 밖에 내지 말아야 한다. 가치가 없고 쓸모가 없는 말이 더러운 말이다. 이런 말은 버리고 선한 말을 채워 넣어야 한다.

더러운 말을 퍼낸 다음 중간 단계가 있다. 그것은 침묵이다. 현대사회의 특징은 침묵의 가치를 잃어가는 데 있다. 침묵은 단지 말이 없는 것이 아니라 침묵 자체가 가장 깊이 있는 언어 가운데 하나라는 것을 깨달아야 한다. 침묵은 여백의 언어요, 침묵은 지혜의 언어요, 침묵은 현대인이 반드시 회복해야 할 언어다. 우리는 침묵할 때 다른 사람의 말을 경청할 수 있고 경청의 결과, 보다 원활한 소통과 좋은 관계를 이룰 수 있게 된다.

내면이 비어 있으면 빈 깡통이 요란하다는 말을 우리는 잘 알고 있다. 말이 많은 사람보다 말을 많이 아끼는 사람에게 더 신뢰가 간다. 잠언 10장 19절에는 "말이 많으면 실수하게 되기 마련이고 지각 있는 사람은 입에 재갈을 물린다"고 말했다. 이를 따르려면 먼저 듣는 훈련으로 침묵할 줄 아는 사람이 되어야 할 것이다.

이러한 침묵의 언어를 찾았으면 다음 단계로 선한 말을 하여야 한다. 선한 말은 세우는 말, 필요한 말, 은혜를 끼치는 말이다.

첫째, 세운다는 것은 칭찬하고 격려하는 말이다. 그 사람의 장점과 은사에 대해 적절한 칭찬을 해주면, 듣는 사람은 그 칭찬에 맞는 삶을 살려고 하기에 칭찬을 하면 결국은 돌아와서 자기 자신을 축복하는 말이 된다.

둘째, 필요한 말은 그 상황에 딱 들어맞는 말이다. 은쟁반에 아로새긴 금과 같이 때에 맞는 아름다운 말을 해야 한다.

셋째, 은혜로운 말을 해야 한다. 옳은 말, 바른말, 맞는 말을 하면서 그 말에 은혜를 쌓지 않으면 듣는 사람의 속이 뒤집히게 되고 내 귀에 들리지 않을 때가 있다. 그런 말을 할 때는 반드시 은혜의 보자기로 그 말을 써야 한다. 그래야 그 말이 생명을 갖고 상대방을 인정하게 되고 더 좋은 관계를 갖게 된다.

가까운 가족, 친구, 함께하는 공동체에서 말에 대한 꾸준한 훈련과 습관을 하여 개인간에 혹은 가정, 단체, 교회 생활에서 서로 돌보고 사랑하는 발전되고 단합되는 우리가 되어야 할 것이다.

슬픔과 가난의 나라
아이티를 생각하며

지난주 필자는 출석하는 교회에서 선교위원의 일원으로 김정호 담임목사와 함께 아이티를 다녀왔다. 아이티는 2010년 지진 때문에 30만 명 이상 사망하고 수많은 이재민과 고아들이 생긴 나라로 서반구에서 가장 가난하고 세계에서도 가장 가난한 나라 중 하나다.

아이티는 북아메리카 카리브 해에 있는 나라로 콜럼버스가 1492년에 발견하였다. 스페인과 프랑스의 지배를 받다가 1804년 세계 최초의 흑인 공화국으로 독립하였고 그 후 아이티는 1915년부터 1934년까지 미국의 지배를 받기도 하였다. 2010년 1월 수도를 중심으로 진도 7.0의 강진이 일어나 국가 경제기능이 마비되었고 80%

이상의 실업률로 사회적 불안, 유혈 분쟁 가능성, 불법 마약 무기거래, 가난, 배고픔, 높은 질병율, 부족한 병원시설로 죽어가는 환자가 연일 속출하는 등 이루 말할 수 없는 열악한 환경에 처해 있다.

도착한 다음 날 밤에는 지역 갱들이 싸우는 수십 발의 총소리에 잠이 깼는데 현지 경찰은 인원도 적고 약하여 출동도 못할 뿐 아니라 수습하지도 못한다고 한다.

미국 감리교 교단에서는 천재지변이 일어날 때는 국내는 물론 외국까지 적십자 단체보다도 더 빠르게 긴급구호를 하는 기관이 있고 훈련 프로그램도 있다. 카트리나 재난 때처럼 아이티 지진 때도 감리교 구제위원회 사무총장이며 목사인 딕 샘슨은 현지에 급히 파송 나갔다가 무너지는 건물에 깔려 죽었다.

미 연합감리교 교단에 소속된 애틀랜타 한인교회는 그동안 여러 가지 방법으로 간접적으로 도움을 주고 있었다. 이번 여행은 아이티에서 직접 선교를 하기 위해 조사와 연구를 수행하는 데 목적이 있었다. 이미 이곳에 와서 활동하는 김승돈 선교사를 만났다. 그는 지진 나기 6개월 전 남부 플로리다 감리교회에서 파송 받아 이곳에서 선교 활동을 하고 있었다.

선교사의 안내를 받아 다운타운에 나가보니 높은 빌딩은 없고 낮은 건물이 많은데 아직도 복구되지 않은 채 부서지고 벽만 남은 곳이 많았다. 무너진 대통령 궁은 담장으로 가려놓고 재건축은 엄두도 내지 못하고 있다. 중남미와 카리비안 일대에서 가장 컸다는 성당도 벽만 남긴 채 허물어져 있었다. 도로 좌우편에는 먹을 것과 온갖 물건들을 파고 사는 사람들이 넘쳐났고 낡은 조그마한 픽업 트럭을 개조한 차에 수십 명이 가득 타고 있었다. 심지어 여러 명이 위험하게도 트럭 밖까지 매달린 채로 이리저리 달리는 것을 자주 볼 수 있었다.

그다음 선교사의 도움으로 운영하는 교회로 향하였다. 가난한 주민은 대부분 가정 내 화장실이 없어 도랑이나 길가에 용변을 보기에 악취가 나고 쓰레기들이 작은 언덕처럼 쌓여 있었다. 쓰레기 속에서 돼지들과 떠돌이 개, 염소들이 먹이를 찾고 움막 같은 집에서 주민과 함께 산다. 가는 길에 우리 일행이 오니 동네 아이들이 반갑다고 뛰어나와 손목과 다리를 잡고 따라다닌다. 천진난만한 아이들은 거의 맨발에 흙이 잔뜩 묻은 옷을 입었고 남자아이들 일부는 하체에 아예 아무것도 입지 않은 채였다.

김 선교사가 지원하는 여러 교회를 가보니 천장이 일부만 있어서 하늘이 보이고 벽도 구멍만 있고 창문도 없었다. 이런 곳에서 일요일에는 예배를 드리고 주중에는 학교로 사용한다. 이 나라는 의무교육이 아니기에 돈 없이는 초등학교도 못 가는 아이들이 상당히 많다. 김 선교사는 아이티에서도 가장 더럽고 가끔 시체가 나오는 오물투성이 삶의 버려진 땅에서, 동네 갱들의 위협 속에서 선교센터를

슬픔과 가난의 나라 아이티를 생각하며

지었다. 기적처럼 지은 건물은 창문도 없고 아직도 증축 중이다. 이곳에 현재 700명의 학생이 재학하고 있다. 이들을 가르치는 선생에게 한 달에 100달러가량 월급을 준다고 한다.

이곳 빵 공장에서는 배고픈 학생과 교회 보육원에 빵을 배급해 준다. 아직도 흙으로 말린 빵을 만드는 곳이 있어 가보았다. 얼마나 가난하면 그런 빵을 먹으며 살고 있을까. 김 선교사는 우리에게 하나님이 나를 인도하셨으며, 이곳에 심어 놓으시고 운전해 주신다고 간증하였다. 아이티는 마이애미에서 2시간도 채 걸리지 않는 미국에서 제일 가까운 섬나라다. 이곳은 미국에서 가장 가까운 이웃이기도 하다. 현재 정부기구도 마비된 상태다.

이 나라에 당장 시급한 의료팀을 파견하고, 굶고 지친 이웃에게 애틀랜타의 여러 교회와 단체, 개인이 함께 참여해 돕기를 바란다. 6·25 때 우리도 미국 선교사들이 가져온 밀가루를 먹고 옷을 입으며 살았던 때가 기억난다. 이 글을 쓰며 그곳의 어려운 사람들을 생각하니 눈물이 나고 하나님께서 그 땅을 회복시켜 주시기를 간절히 기도드린다.

한 개척교회의
성장을 보며

지난주 애틀랜타 '섬기는 교회'의 입당 감사예배를 다녀왔다. 2009년 조그만 개척교회로 시작된 이 교회는 불과 5년 만에 눈부시게 성장했다. 과테말라에 성전을 봉헌하는가 하면, 올해는 로렌스빌 새 성전으로 이전하게 됐다. 필자는 다른 교회를 다니지만, 애틀랜타에 사는 한 교인으로 이 개척교회의 성장을 축하하지 않을 수 없다.

필자의 대학 선배이자 의사인 닥터 신이 이 교회에 다닌다. 평소 기독실업인협회(CBMC)를 같이 다니는 하재곤 장로도 필자를 초대했다. 또한 필자는 최근 1년간 매일 밤 안선홍 담임목사의 설교 DVD를 들으며 잠자리에 들고 있다.

필자와 이 교회의 인연은 지난해부터 시작되었다. 평소 노인 문제에 관심이 많아 지난해 연합장로교회에서 열린 '생수의 강' 이라는 시니어 프로그램에 3개월가량 참석했다. 각 테이블에 6~7명씩 조가 편성되었는데, 그 중 몇 명이 밤에 잠이 잘 오지 않고, 자다 깨면 잠이 오지 않아 밤을 새운 적이 많다고 했다.

그때 필자가 안선홍 목사의 설교를 들으면 말씀에 깊이 몰입되고 잠이 잘 온다고 말했더니, 모두 어떤 사람이냐고 물었다. 그러자 우리 조의 한 사람이 다른 테이블에 있는 안 목사의 어머님을 모셔 왔다. 인자하신 어머님은 저와 다른 사람들에게 설교 DVD를 나누어 주셨다.

"내 아들이 목사지만 하나님이 귀히 쓰시는 것 같아요"라고 하신 말씀이 아직도 기억에 선명하다.

애틀랜타 한인 이민교회는 애틀랜타 한인사회의 지역적 · 시대적 책임을 하나님에게 부여받았다고 할 수 있다. 그런 점에서 '섬기는 교회' 는 필자가 아는 것만으로도 많은 책임을 수행하고 있다. 매주 애틀랜타 다운타운 노숙자 숙소에서 가난한 이들에게 음식을 제공하고 있으며, 지난해에는 사바나 근교의 주립교도소에 감옥 선교를 다녀오기도 했다.

안 목사가 말한 바로는 이 교회는 매주 화요일 중보기도 사역팀이 활동하고 있다고 한다. 중보기도는 이타적이고 순결한 기도이기에,

여기에 헌신하다 보면 예수님을 닮게 된다고 한다. 이 사역팀의 중 보노트는 앞으로 섬기는 교회에 무한한 변화를 줄 것이다.

안 목사의 설교는 평신도에게 공부하는 계기와 동기를 준다. C. S. 루이스, 유진 피터슨, 필립 얀시, 조이드 존스 등 신학적으로 다양한 스펙트럼의 말씀을 인용함으로써, 우리에게 신학적 눈을 뜨게 하며, 영적 · 지적 성숙을 더해 주고 있다.

애틀랜타를 여러 차례 방문한 바 있는 한국의 김진홍 목사는 "인 생을 살면서 가장 중요한 만남은, 첫째 결혼을 통한 배우자와의 만 남이고, 둘째 좋은 담임목사와의 만남"이라고 말했다. 이 교회가 성 장한 데는 좋은 담임목사와 훌륭한 교인들의 신앙생활에 있다고 생 각한다.

앞으로 섬기는 교회가 하나님의 섭리로 한인사회와 시대에 필요 한 교회가 될 것이라고 믿는다. 그래서 애틀랜타 한인 이민사회와 세상에 영향을 끼치는 교회가 되기를 바란다.

교포를 울게 한 영화 '국제시장'

　　지난 13일 둘루스 극장에서 개봉한 '국제시장'을 애틀랜타 한인교회 연장자 구역모임과 함께 단체 관람했다. 평일 주중 오후인데다, 상영시간보다 일찍 입장했음에도 이미 영화관은 수많은 한인으로 꽉 차 있었다. 관객은 영화를 보며 눈물을 닦았고, 심지어 어떤 사람은 소리 내어 흐느끼기도 했다.

　　영화 '국제시장'은 6·25 전쟁 당시 중공군의 진입으로 흥남철수 당시 아버지와 여동생을 북한에 두고 부산에 내려와 고생하는 덕수네 가족 이야기다. 주인공 덕수는 서독 광부로 갔다가 베트남 전쟁까지 뛰어들었다. 결국 마지막에 이산가족 찾기라는 TV 생방송 프로그램을 통해 흥남철수 당시 헤어진 여동생을 찾는 이야기다. 필자도 바로 주인공 덕수와 같은 세대이기에 더욱 공감했고, 나도 모르게 여러 번 눈물을 훔쳤다.

필자는 6·25 전쟁 당시 8살이었고, 초등학교 2학년이었다. 전쟁이 터지자 부모와 형제들이 서울에서 부산으로 피난 와, 먹고살기 위해 거리를 쏘다니며 신문과 담배, 껌을 팔기도 했다. 부산 용두산에서 천막을 친 피난민 학교에서 바닥에는 가마니를 깔고 앞에 칠판만 걸어놓고 책걸상도 없이 공부하였다.

겨울이 되어도 양말도 없이 검은 고무신을 신었는데, 뛰어다닐 때 신발이 벗겨지지 않게 고무줄을 두르기도 했다. 점심때가 되어도 아이들 절반 이상이 도시락을 싸오지 못해, 배가 고파도 그냥 뛰놀기만 했다. 영화를 보면서 그 시대 배고프고 어려웠던 때를 회상하게 되어 눈물이 나고 마음이 저렸다.

또한, 한국생활이 여의치 않아 70년대 미국 애틀랜타에 빈손으로 이민 온 생각도 났다. 당시 이민 1세들은 조국 한국이 워낙 가난하다 보니, 출국할 때도 1인당 100달러 밖에 가져올 수 없었다. 식당에서 허드렛일을 하며, 땅을 파고 나무를 심으며 고된 일을 했던 추억들, 에어컨도 없는 더운 창고에서 무거운 물건을 나르다 잘못되어 머리에 맞고 쓰러졌던 기억, 작은 식료품점을 운영하다 권총 강도를 당했던 일이 새록새록 떠오른다. 이처럼 한국과 미국에서 고생한 이민 1세들에게 영화 '국제시장' 은 지나간 세월이 가슴에 와 닿게 하는 영화였다.

영화에서는 나중에 덕수의 아내가 된 독일 파견 간호사 영자가 독일 광산에서 폭발사고 현장을 찾아간 이야기를 그린다. 광산 당국자는 한국 광부들의 구조를 포기했지만, 이때 영자는 광산의 책임자에게 달려가 무릎을 꿇고 울부짖는다.

"불쌍한 한국 사람이 돈 벌려고 여기까지 왔는데 시체라도 찾아야 하지 않겠습니까."

참으로 눈물 없이는 볼 수 없는 장면이었다.

주인공 덕수가 동생을 결혼시키기 위해, 가게를 인수하기 위해 월남에 가겠다고 말하자, 아내 영자는 이제는 당신 자신을 위해서 살아보라고 부르짖으며 반대하자 덕수는 울면서 항변한다.

"나도 위험한 곳에 가고 싶지 않지만, 아버지가 헤어질 때 '너는 장남이다'라고 한 말을 지켜야 해. 가족을 책임져야 하기에 갈 수밖에 없어."

미국에 입양된 헤어진 여동생을 이산가족 찾기 방송을 통해 찾게 될 때도 눈물이 났다. 필자 바로 옆에서 영화를 관람하고 있던 분이 6·25 때 곧 돌아오겠다며 이북에 누이동생을 두고 월남했다는 사실이 생각난다며 소리 없이 눈물을 닦는 모습에 가슴이 아팠다.

관람을 마치고 나오니 평소에 만나지 못하였던 동년배들을 많이 만날 수 있었다. 자식들과 함께 온 분도 있고, 미국인 남편과 함께 온 나이 든 한국 여인들도 있었다. 고국 한국이 좋은 영화를 만들고, 애틀랜타 한인인구도 늘어나다 보니 한국영화를 미국 극장에서 볼 수 있게 되어 참으로 감사하다.

애틀랜타의 이민 1세, 2세, 3세들도 모두 이 영화를 보았으면 좋겠다. 한인교회와 한국학교에 다니는 수천 명의 학생에게 이 영화를 보여준다면, 부모님과 할아버지 · 할머니가 살아온 역사를 공부할 좋은 기회가 될 것이다. 어렸을 때 아이들이 부모의 정체성을 알면 미국에서 더욱 진취적이며 도전해서 성공하는 확률이 높다는 학자들의 연구결과도 있다. 이 영화를 꼭 관람하시기를 권한다.

단란한 아들과 손자 며느리와 함께

엘 시스테마와
애틀랜타 한인 음악인

엘 시스테마(el sistema)는 스페인어로 '시스템' 이란 뜻이다. 그러나 남미에서는 베네수엘라의 빈민층 아이들을 위한 무상 음악교육 프로그램을 뜻하는 고유명사로 통한다.

엘 시스테마는 1975년 경제학자이자 아마추어 음악가인 호세 안토니아 아브레우 박사가 설립했다. 베네수엘라 수도 카라카스의 빈민가 차고에서 빈민층 청소년 11명을 단원으로 출발한 엘 시스테마는 35년이 지난 지금 190여 개 센터에서 26만 명이 가입한 단체로 성장했다. 오케스트라의 취지에 공감한 베네수엘라 정부와 세계 각국의 음악인, 민간 기업의 후원으로 엘 시스테마는 미취학 아동과 청소년을 대상으로 음악교육을 실행하고 있다.

엘 시스테마는 종전의 음악교육과는 달리, 사회적 변화를 추구한다. 마약과 폭력, 포르노, 총기사고 등 각종 위협에 노출된 베네수엘라 빈민가 아이들에게 음악을 가르침으로써 범죄를 예방할 뿐만 아니라 미래에 대한 비전과 꿈을 제시하고 협동, 이해, 질서, 소속감, 책임감 등의 가치를 심어주는 역할을 하고 있다.

엘 시스테마가 배출한 세계적인 음악가로는 LA 필하모닉 상임 지휘자 구스타브 두다멜과 베를린 필하모닉 최연소 더블베이스 연주자 에딕슨 루이스 등이 있다. 또한, 여기에 속한 시몬 볼리바르 청소년 관현악단이 있다. 2007년 카네기 홀에서 두다멜의 지휘로 데뷔하여 열광적인 반응을 얻었다. 베네수엘라의 이 실험적인 음악교육이 엄청난 반응과 효과를 불러오자, 지금은 베네수엘라를 넘어 남미는 물론, 세계 각국의 사회개혁 프로그램으로 확산하였다.

엘 시스테마에는 한국이 낳은 유명한 지휘자 곽승 선생이 함께하고 있다. 애틀랜타에서 활발한 활동을 하고 있는 김정자 바이올리니스트의 오빠인 곽승 선생은 애틀랜타 심포니 오케스트라의 부지휘자와 텍사스 오스틴 심포니 오케스트라의 상임지휘자를 역임했다. 그는 23년 전 엘 시스테마의 숭고한 정신에 동감해, 매년 베네수엘라로 자원봉사를 떠나, 여름 음악캠프에서 청소년을 가르치고 청소년 악단을 지휘했다. 그가 가르친 청소년 중 한 명이 세계적인 지휘자 구스타브 두다멜이다. 어렸을 적 마약을 나르고 빵을 나르던 빈

민충 소년 두다멜이 엘 시스테마를 통해 음악가로 변신했다. 지금 두다멜은 곽승 선생을 자신의 아버지라고 부른다.

여기 이곳 애틀랜타에도 소리소문없이 이 운동에 동참해 어린이, 청소년을 대상으로 오케스트라를 키우는 한인이 있다. 애틀랜타 한인교회(담임 김정호 목사)에 이웃과 사회에 나눔과 섬김으로 시작된 애틀랜타 최초 엘 시스테마가 씨앗이 싹트고 뿌리가 뻗어 가고 있다. 그 주인공은 바로 지휘자인 천영준 전도사다.

그가 이끄는 오케스트라는 2004년 14명으로 출발하여, 2005년 첫 연주회를 가졌으며 매년 두 차례 정기연주회를 열고 있다. 현재는 3개 팀으로 구성됐는데, 60명의 어린이 오케스트라, 100명의 유스 오케스트라, 40명의 필하모닉 오케스트라다. 이를 모두 합하면 200명이 훨씬 넘는다. 애틀랜타 한인교회에 소속된 단원보다 여러 교포의 자녀가 더 많다고 한다. 그동안 광고나 선전을 하지 않았는데도 꾸준히 단원이 늘어나고 있다. 단지 음악뿐만이 아니라, 신앙을 가진 단원이자 음악인으로 이 나라에 헌신하는 비전, 책임감, 지도자로서 갖춰야 할 리더십, 인성도 가르친다고 한다. 그는 개척자와 같은 소명감으로 새벽 3시까지 공부하고 연구하고 있다.

이미 알려진 것처럼, 하버드 대학에서 학생을 뽑을 때는 악기를 다룰 줄 아는 학생에게 더 좋은 점수를 준다고 한다. 애틀랜타에서 시작된 어린이와 청소년 오케스트라 속에서 앞으로 세계적인 음악인은 물론이고, 정치인, 학자, 의사, 변호사, 과학자, 나아가 노벨상을 타게 될 인재가 나올 것이다.

우리가 심는 나무는 우리 대에 열매를 먹을 수는 없다. 그러나 우리의 후대가 그 열매를 먹을 것이다. 이것은 평범한 진리다. 애틀랜타에서 시작된 음악 활동에 애틀랜타 교민들도 관심을 두고 그들을 격려하고 지원해 줬으면 좋겠다.

소크라테스는 80세에 현악기를 배우기 시작했다고 한다. 젊은 사람들은 물론이고, 그동안 음악을 배울 기회가 없었던 분들도 늦었지만 지금부터 악기 하나쯤은 배워서 보람 있고 멋진 삶을 살아야 할 것이다.

애틀랜타 문학회의
발전을 빌며

                                 지난 9월 7일 애틀랜타
문학회의 제1회 시문학 출판기념 행사가 열렸다. 애틀랜타 문학회
는 1989년 시작된 지역 최초의 문학단체이다. 출범 당시 이름은 한
돌 문학회였다. '한돌'은 이 지역을 대표하는 명소인 스톤마운틴을
뜻하는 말로, '한'은 우리말로 '크다'를 의미한다. 이처럼 문학회는
애틀랜타 한인사회에 4반 세기의 역사를 가진 단체다.

  이번 출판 기념회에는 여러 문학회 회원과 내빈, 문학회 원로, 특
별 초청된 여성문학회 회원들이 참석했다. 필자도 내빈 축사를 할
기회를 가졌는데, 애틀랜타 문학회의 원로이자 개척자인 한만희, 권
명오 선생을 소개하기로 했다.

한만희 씨는 이민 초창기부터 애틀랜타 한인 문학계를 일궈 오신 분이다. 호숫가 옆에 있는 그분의 자택은 문학계의 산실이다. 〈애틀랜타 한인이민사〉라는 책에 권두시인 '흐르는 강이 되어'를 지은 시인이기도 하다.

권명오 씨는 애틀랜타에서 연극방송동호회를 태동시켰고, 애틀랜타 한국학교 이사장으로 2세들의 조국사랑에 헌신하며, 한인회관 건립에 한국학교가 함께하게 한 문학계의 원로다.

이분들은 지역사회에서 존경받는 이민사의 주인공이다. 이제 애틀랜타도 미국 한인사회 3대 도시가 되었다. 지역교민 문학의 발전은 애틀랜타 교포사회의 성숙한 발전의 한 지표가 되기 때문에 계속 발전하기 바란다는 인사를 하였다.

이어 시문학 출판을 기념해 회원 10명이 시와 수필을 낭송하는 시간이 있었다. 문학을 사랑하는 마음으로, 자기 마음결을 어루만지며 순수한 세계의 사람을 꿈꾸며 미래를 향해 쓴 시와 수필은 참석한 모든 이에게 잔잔한 감동을 주었다. 아직 시의 세계를 잘 알지 못하는 필자에게 감동을 준 시를 소개해본다. 조동안 시인의 '엄마'라는 제목의 시다.

엄마, 엄마, 엄마, 엄마
눈감아 고향의 향기를 맡을 때
가장 먼저 다가서는 엄마의 젖가슴
세상에 맞닿던 그때 처음
내 입술에 맞닿던 하얀 젖가슴
비릿한 젖 내음에 어우러져
심장의 박동으로 두드리던 엄마의 자장가 따라
포근한 가슴에 잠들었던 그때 그리움
반백을 넘어 머리가 벗겨진 지금까지도
내 입에 붙어 살갑게 불려지는 엄마의 품

당신의 고통을 가슴에 덮어두고
이역만리 떠나보낸 아들을 향한 근심으로
눈물이 되고 눈물이 되어
바람 빠진 풍선보다 더 처절하게
찌그러진 엄마의 가슴
다시 한 번 그 가슴에 묻혀 꿈을 꾸고 싶었는데
아들의 허물로 만들어진 암 덩어리
내게 가느다란 눈물로 다가서고 있다
엄마, 엄마, 엄마, 엄마, 엄마

시 낭독은 처음에는 작은 목소리로 여러 번 엄마를 되뇌다가, 더 큰 목소리로 제목을 말하고, 시의 한 구절 한 구절 감정을 넣어 읽고, 나중에는 아주 큰 소리로 엄마를 외치고는 작게, 더욱 작게, 나중에는 들릴까 말까 하며 끝을 맺었다. 같은 테이블에 함께했던 박경자 시인은 "저것이 시입니다"라고 감탄했다. 또 곁에 있던 애틀랜타 중앙일보 칼럼니스트 박상수 선생은 눈물을 훔치고 있었다. 누구에게도 어머니는 있다. 우리를 태어나게 하고, 사랑과 희생을 한 어머니를 시로 표현한 것에 가슴이 찡했다.

작가들의 문학 활동은 바로 한인 공동체의 지적 수준이다. 우리끼리의 문학 활동도 중요하다. 회원들의 작품을 미국 주류사회에 영어로 번역해 미국 문단에 진출하고, 미국 작가로 시, 수필, 소설을 발표해 미국문화권 신문이나 TV, SNS 상에도 '코리안 아메리칸'으로 등단하는 날을 기다려본다. 이미 LA, 뉴욕 등 다른 도시에서는 코리안 아메리칸 작가들의 작품이 영어로 출판되고 있다.

애틀랜타 문학회장 오성수 씨는 인문학당에서 함께 공부하던, 책임감 강하고 신실한 분이다. 이제 오 회장의 지도로 애틀랜타 문학회가 더 많은 회원을 늘리고, 더 많은 활동으로 삭막한 이민생활에 꿈을 그리고, 인생의 즐거움을 찾는 애틀랜타 교민문화의 장이 되기를 바란다.

세계의 중심도시가 될
애틀랜타

1970년대 미국에 이민 오면서 친척, 직장동료, 친구, 선배를 찾아 마지막 인사를 했다. 애틀랜타로 가게 되었다고 인사했더니 카지노로 이름난 애틀랜틱시티냐는 대답이 돌아왔다. 그 정도로 애틀랜타는 한국에서 알려지지 않은 도시였다. 그럴 때면 필자는 애틀랜타를 변명하기 바빴다.

"애틀랜타는 남북전쟁 당시 남부의 수도였고, 영화 '바람과 함께 사라지다'의 무대 도시이며, 코카콜라의 본사가 있는 곳입니다."

그러면 "아, 그런 곳이 있는가"라는 대답이 돌아올 정도였다.

당시 애틀랜타는 규모 면에서 미국에서 15위권 수준이었다. 애틀랜타 공항은 자그마한 수준이었고, I-75와 I-85 고속도로는 2차선 도로여서 교통량도 많지 않았다. 그러나 애틀랜타는 1996년 하계 올림픽 개최를 계기로 폭발적으로 발전하기 시작했다. 지금은 없어졌지만, 당시 주애틀랜타 한국무역관장은 그때 한인회장이었던 필자에게 이렇게 말했다.

"제가 애틀랜타 무역관장이라서 하는 말이 아닙니다. 미국의 저명한 미래학자들의 세미나에서 직접 들은 이야기입니다. 한인사회의 지도자로서 기회가 있는 대로 이 사실을 알려주십시오. 애틀랜타는 앞으로 빠르면 50년 안에, 늦어도 한 세기 안에 미국 제일의 도시가 될 것입니다. 그렇다면 세계에서도 가장 큰 도시가 될 것입니다."

미래학자들이 이렇게 말하는 이유는 미국의 역사 변천을 살펴보면 알 수 있다. 미국 건국의 역사는 동해안인 보스턴 근교에 도착한 102명의 청교도에서 시작한다. 이들은 뉴잉글랜드를 이루어 뉴욕, 워싱턴을 거쳐 서부로 향했고, 중부의 시카고를 지나 계속 서부로 나아가 태평양에 도달해 LA, 샌프란시스코 등 큰 도시를 형성하기 이르렀다.

큰 도시를 이루려면 세 가지 요건이 있어야 하는데, 첫째는 교통의 요지, 둘째는 풍부한 노동력, 셋째는 좋은 기후다. 현재 미대륙이 이미 동서로 확장되어 있고, 그런 가운데 미국 동남부의 중심이고 남북전쟁 때 미국 수도였던 애틀랜타는 이미 큰 도시의 발전 단계로 들어갔다는 것이다.

실제로 애틀랜타는 이 세 가지 조건을 모두 충족한다.

첫째로, 애틀랜타는 교통의 요지다. 애틀랜타 공항은 이미 세계에서 가장 바쁜 공항이 되었고 애틀랜타 인근 항만인 사바나와 찰스턴을 합치면 미국에서 가장 물동량이 많은 항구다. 애틀랜타를 지나는 I-20, I-75, I-85 고속도로는 미국에서 여행자와 물류 차량이 가장 많이 지나는 도로다.

둘째, 애틀랜타는 백인은 물론 양질의 흑인과 스페인계의 노동력이 풍부하다.

셋째, 애틀랜타는 겨울이 되어도 그리 춥지 않아, 미국 전체에서도 가장 좋은 기후를 갖추고 있다.

도시 규모 면에서 한때 10위권 밖에 머물던 애틀랜타는 2010년 통계조사에서 보스턴과 샌프란시스코를 넘어 9위권에 올랐다. 오는 2020년 실행되는 연방 통계 인구조사에서는 아마 5~6위로 상승하리라 보인다. 그렇다면 무역관장이 했던 말들이 사실이 되고, 애틀랜타는 세계의 중심이 될 것으로 예측할 수 있다.

이미 수많은 미국 대기업 본사가 애틀랜타로 이전하고 있다. 최근 명품 승용차의 대명사 메르세데스 벤츠가 뉴저지에서 애틀랜타로 본사를 옮기겠다고 밝혔다. NCR, BMW, 포르셰 등 미국과 외국기업 본사 역시 애틀랜타로 몰려오고 있다. 조국 한국에서도 기아, 현대, 삼성, SK 등 80여 개가 넘는 대기업이 공장과 지사를 애틀랜타 인근에 두고 있다.

이런 한가운데 지난 1월 11일 애틀랜타 다운타운의 그레이스 교회에서 미 연합감리교회 세계 선교부(General Board of Global Ministries) 이전 예배가 열렸다. 뉴욕에서 애틀랜타로 본부를 옮긴 것이다. 이날 예배 중에 애틀랜타 한인교회 성가대가 찬양하는 순서를 가졌다. 1년 예산이 수억 달러나 되는 본부가 이전함에 따라 애틀랜타에 천여 명의 신규 고용이 창출될 것으로 보인다. 애틀랜타가 미국을 포함한 UMC 세계선교지의 중심지가 된다는 뜻이다.

미 연합감리교회 교단은 미국 개신교 중 가장 활발한 활동을 보이고 있다. 세계는 나의 교구라고 한 감리교단 창시자 요한 웨슬레는 기독교를 본질적으로 사회적인 종교로 보았기 때문에, 감리교인은 자신이 사는 사회에 영향을 끼칠 수 있기를 기대했다. 그래서 활발한 사회 참여를 벌인 감리교단에, 미국의 상하 양원 의원들도 많이 봉사했다. 대통령을 지낸 조지 부시 일가와 대통령 후보였던 밥 돌, 힐러리 클린턴도 감리교인이다.

이곳의 에모리 대학, 조지아 대학(UGA), 조지아텍도 미국을 넘어 세계적인 대학으로 발전하고 있다. 애틀랜타에 사는 한인들과 2세, 3세들도 자부심을 갖고 미국의 미래에 참여해야 할 것이다.

경제위기로
아메리칸 드림 깨지나

평범한 사람의 눈에는 현재의 경제위기가 어떻게 보일까? 모든 경제학자들이 내놓는 진단과 처방은 너무 어려워 그 실체는 파악하기 쉽지 않다. 경제는 정치와 마찬가지로 우리가 피해갈 수 없다. 생활과 그대로 연결돼 있기 때문이다. 마치 공기나 물이 우리에게 필요하듯이.

자본주의는 생태적으로 하향 곡선과 상향 곡선이 있기 마련이라고 한다. 올라간 것은 반드시 내려와야 하는 것처럼, 내려간 것은 때가 되면 올라간다는 것이다. 그러나 현재의 경제위기는 그 도를 넘어서 실업률 뿐만 아니라, 파산하는 사람이 그 예를 찾아볼 수 없을 정도로 심각하다. 그런 전제 아래 평범한 사람이 보는 현재의 경제위기에 대한 나름대로의 진단을 내려보고자 한다.

미국 경제의 근본은 공급편(supply side) 이론이다. 이 말의 뜻은 인간에게 필요한 것을 만들어서 파는 것이 아니고, 새로운 것을 만들어서 필요를 창출한다는 뜻이다. 좋은 예로 냉장고, 휴대전화 그리고 자동차를 들 수 있다. 이런 제품들이 나온 지는 100년도 안 된다. 인류는 그동안 이런 편리품 없이도 수천 또는 수만 년 동안 잘 살아왔다. 그러나 이제는 이런 생활의 편리를 가져다주는 것들이 없으면 살아가기가 어렵게 되어버렸다. 즉 공급편 이론에서 본다면, 새로운 아이템을 만들어서 팔면 팔린다는 것이다.

여기에 새롭게 등장한 것이 시장전략인 것이다. 새로운 아이템으로 수요를 창출해서 팔아야 하는 것이 시장전략인 것이다. 물론 시장전략의 꽃은 광고라고 할 수 있다. 광고에 세뇌된 일반인들은 소비자로 둔갑하게 된다. 그런데 문제는 공급이 과잉으로 이루어지고 있다는 것이다. 새롭고 좋은 물건들을 너무 많이 만들다보니 어떻게 해서라도 이를 팔아서 자본과 이윤을 회수해야 하는 것이다. 필연적으로 따라오는 것이 과다지출이고, 과다지출을 부추기는 것이 할부판매와 신용카드다. 이로 인한 여파는 신용불량으로 이어지게 될 수밖에는 없게 된다. 경제위기가 한 개인에게 온 경우이다.

그런데 이런 개인적인 경제위기를 맞이한 사람의 숫자가 작을 때에는 그 사람의 불행만으로 끝나게 되지만, 그런 사람들의 숫자가 통제할 수 없을 만큼 늘어나게 되면, 한 국가의 경제위기로 이어지게 되는 것이다. 즉 사람들의 욕심과 이를 이용한 공급편 이론에 입각한 경제는 그 위기의 규모에 차이는 있을지언정 언제가 경제위기는 태생적으로 갖고 있다 보아야 할 것이다.

그런데 현재의 범세계적인 경제위기는 그 규모나 내용 면으로 볼 때, 진정으로 역사적인 사건이라고 할 수 있다. 그 출발은 다음과 같다. 세계의 기축통화는 물론 '달러'이다. 그리고 경제규모나 그 안정성에 있어서 미국은 세계적이다. 따라서 세계의 남아도는 모든 돈은 미국으로 들어온다. 사우디, 중국, 일본, 한국 등 거의 모든 나라로부터 남은 돈은 미국에 저축 내지 투자를 하게 되었다. 결과적으로 미국에는 남아 돌아가는 돈이 얼마든지 있게 된 것이다. 물론 미국인들이 주인이 아닌 돈들이다.

미국에 이렇게 남아 돌아가는 돈을 머리가 좋은 사람들이 가만히 놓아둘 리가 없다. 어떻게 해서든지 남의 돈으로 돈을 벌어야 하겠다고 덤벼든 것이다. 미국의 유명한 투자회사들이 남아 돌아가는 돈으로 장사를 시작하면서 이로부터 얻는 막대한 이익을 취하게 되었다. 그러나 미국이 아무리 부자나라라고 하더라도, 더 이상 남아 돌아가는 돈을 투자할 곳이 없어지게 되었다. 여기에 착안한 것이 바로 저소득층 사람들을 상대로 융자를 해주어 남는 돈을 돌리기 시작한 것이다. 갚을 능력이 없는 사람들에게 보너스까지 주어가면서 융자(sub-prime mortgage)를 해주게 된 것이다.

결과는 참담할 지경이 되었다. 저소득층 사람들이 갚을 능력이 없이 자기 집을 소유한다는 미국의 꿈을 달성하도록 투자·융자회사들이 앞장서서 돈을 빌려 준 것이다. 여기에 미국 정부에서는 이런 부당한 융자를 해줄 수 있도록 제도적인 완화조치까지 해주게 된다. 이런 호조건을 놓칠 리 없는 건축업자들은 앞다퉈 집을 짓게 된다. 그러나 융자받은 돈을 갚을 길이 없게 된 집들은 은행이 소유하게 되면서, 주택시장의 경기가 급격히 내려오게 되면서 돈을 빌려 준 회사들은 파산을 신청하게 된다. 미국발 금융위기가 글로벌 네트웍으로 묶여져 있는 상황 아래에서는 전 세계로 퍼져나가게 된 것이 현재의 상황이라고 보면 된다. 돈이 안 돌아가게 된 금융위기는 그대로 실물경제로 이어지게 되어 사업을 하는 사람들이 은행으로부터 돈을 얻지 못하게 됨으로써 생산활동이 침체되면서 해고사태로 이어진다는 것은 이 방면의 전문가가 아니더라도 쉽사리 알 수 있는 것이다. 많은 전문가들은 이렇게 어려운 경제상황 아래에서는 돈을 많이 써서 경제를 살려야 한다고 말하고 있다. 옳은 말이다. 그러나 내 자신에게는 어떤 것이 가장 좋을 것인지는 각자가 생각해서 처신해야 한다. 나 자신에게 가장 좋은 길은 돈을 아껴 씀으로서 앞날을 대비해야 한다. 비록 다른 사람들은 돈을 씀으로 경제를 살릴지라도 나만큼은 저축하는 가정경제를 이끌어가야 한다고 믿어 마지 않는다.

조지아 연방상원의원에
출마한 한인

유진철 전 미주총연회장
이 지난달 19일 마리에타 소재 르네상스 웨이빌리 호텔에서 2014년
도 조지아 연방 상원의원 선거 공화당 경선 출마를 선언했다. 유 전
(前) 회장은 고등학생 시절 이민 온 1.5세로 어거스타 한인회장, 동남
부연합회 회장과 24대 미주 한인회 총연합회 회장을 거쳤다.

그는 미국에서 소방관, 경찰, 군인을 거친 사업가이다. 유 전 회장
은 비즈니스맨으로서의 자신을 소개하며 다양한 영역에 대한 미국
의 전통과 가치, 교육문제, 의료보험과, 특히 경제성장의 중요성을
언급했다. 그의 출마선언에 백인 지지자 대부분은 큰 박수를 보냈다.

김창준 전 연방하원의원 이후 아직 연방 상하의원에 미주 한인은

하나도 없다. 그렇기에 우리에게는 그의 출마는 그 자체만으로도 2, 3세들에게 큰 희망과 용기를 주는 의의가 있다. 경제적으로 미주 한인들은 조국의 경제 발전과 함께 큰 발전과 성과를 이루고 있다. 그러나 우리는 미국에 살면서 흑인이나 유대인처럼 정치적인 발전을 이루지 못했다. 미국의 국무장관은 전통적으로 이민자의 후예들이 많았다. 독일 출신 유태인인 헨리 키신저, 폴란드 출신의 즈비그뉴 브레진스키, 체코 출신의 매들린 올브라이트 등이다. 한인계의 연방 상·하의원이나 미 정부의 각료들이 여러 명 배출되면, 조국의 통일 문제나 조국에 대한 미국의 배려도 커질 것이다.

중앙일보를 보면 LA, NY, 시카고, 워싱턴 등에서는 한인이 시의원이나 교육위원이라도 출마하면, 많은 지지자들이 함께하고 한인 신문에서도 여러 지면을 할애하며 격려하는 것을 알 수 있다. 그런데 이번 출마선언 때는 조지아 주류언론 매체는 단 한 명도 참여하지 않았다. 얼마나 한인 출마자를 무시하는 모습이고 깔보는 자세인가. 또한 수많은 미국인 지지자 속에 한인은 고작 열 명이 조금 넘었다. 저녁에 있었던 공화당의 전국 여성 모임에는 소니 퍼듀 전 조지아 주지사와 유 전회장을 포함한 4명의 공화당 연방상원의원 후보가 참가했는데, 한인 참석자는 매우 적었다.

필자는 1996년 애틀랜타 올림픽 당시 애틀랜타 한인 회장이었다. 같은 해 유 회장은 어거스타 한인회장으로 처음 한인사회에 진출하였기에, 자연스럽게 알고 지내게 되었다. 그는 늘 행동적이고 진취적인 리더십을 자랑했다. 그 후 유 회장은 동남부 연합회회장, 미주한인회 총연합회 회장을 거치며, 더 큰 꿈을 갖고 조지아 주의 연방상원으로 출마를 선언했다. 그러나 유 회장은 그동안 한인들로부터 칭찬이나 격려보다는, 비방과 인신공격은 물론 듣기 어려운 치욕적인 비평을 많이 받았다고 한다. "어찌 그 따위 위인이 연방상원에 출마하느냐" "품위와 인격이 없다" "한인들의 망신이다" "건방지다" "자기 이름을 높이려는 '쇼' 다" 등의 이야기를 많이 들었다고 한다. 가슴 아픈 일이다. 그러나 유 회장의 이번 출마는 유 회장 개인의 문제가 아니다. 당락을 떠나 조지아에 사는 한인들이 주류사회에 한 단계 더 높이 진출할 계기다. 더 이상 우리는 이 땅의 나그네가 아니다. 필자도 개인적으로 만나는 미국인 친구 및 비즈니스 파트너에게 "내 친구 유진철 전 회장이 출마했다" "미주 한인이 이번에 연방상원으로 출마했다"라고 말한다. 우리도 자랑스럽고 우리도 이 땅의 주인의식을 갖게 될 수 있는 기회다.

유 전 회장은 이번 선거에 진다고 생각해 본적 도 없고, 무모한 도전이라고 생각한 바가 없다고 한다. 한인들의 위상과 2, 3세들에게 주류사회에 도전하는 용기와 꿈을 주기 위해 출마했다고 한다.

최근 유 전 회장은 흑인교회 목사님들의 초청으로 흑인교회를 방문하는데 바쁘다고 한다. 그동안 조지아 연방상원의원은 백인들만

독식해 왔는데 한국인이 출마하는 것을 알고, 놀랍고 기뻐서 여러 흑인 교회에서 흑인들이 지지하도록 나서고 있다는 것이다. 고무적인 일이다.

필자는 4년 전 애틀랜타 미주한인재단 회장 재직 시절, 샘윤 보스턴 시의원이 젊은 나이에 보스턴 시장에 도전할 때, 그를 격려하고 젊은이들에게 희망을 주기 위해 그를 애틀랜타에 초청한 적이 있다. '모금의 밤' 행사를 열고 그의 이야기를 들었고, 1만 달러 이상을 후원한 적도 있었다. 또한 현지 조지아 주 정계에 진출한 박병진 주하원의원은 얼마나 자랑스러운가. 그가 당선됐을 때 우리 한인들은 여러 가지로 격려한 바 있다. 그러나 최근 애틀랜타 한인사회의 정치력 신장은 갈수록 뒷걸음치는 것 같다. 김의석 애틀랜타 한인회장은 한인회칙에도 규정된 정치발전위원회 위원장을 하루빨리 임명하여 한인들의 정치참여를 활성화해야 할 것이다.

최근 연합장로교회의 정인수 목사는 유 회장을 이번 주 교회예배에 유 전 회장을 초청했다고 한다. 아틀란타 한인교회 김정호 목사도 언제라도 유 전 회장을 예배에 초대하고 교인들과 함께하는 시간을 배려하겠다고 한다. 교회가 애틀랜타 지역사회 한인들과 함께하는 뜻있고 귀한 일이다. 우리 자신들과 후손들을 위하여 애틀랜타는 물론 조지아의 모든 한인은 유진철 전 회장의 연방상원의원 당선을 위해 힘을 모아야 할 것이다.

경제가
좋아져야 할 텐데

인생을 살면서 사람이 피하지 못하는 것 두 가지가 있다. 하나는 죽음이고 또 하나는 세금이다.

아무리 피해가려 해도 세금을 피할 수 없는 것은, 마치 죽음을 피해갈 수 없음과 마찬가지이다. 한 나라에 속해서 살아가려면, 이런저런 세금의 그물로부터 벗어날 가능성은 없다. 마치 저만치 죽음이 기다리고 있다가 다가오듯이.

부시 대통령이 600달러를 돌려주더니 오바마 대통령은 250달러를 준다고 한다. 완전히 공짜 돈이다. 세금보고를 하지 않아도 된다는 통지까지 함께 보내온 돈이다.

미 정부가 바라는 바는 이 돈으로 물건을 구입해서 경제에 보탬이 되어 달라는 것이다. 미 정부에서 공짜 돈을 푼다는 것은 그만큼 돈을 유통시켜 돈이 필요한 사업체에 돈을 공급해 경제 회복에 보탬이 되게 해주려는 배려인 것이다.

또한 정부에서는 일광절약시간을 몇 주 더 앞당겨 시작했다. 한 시간이라도 더 깨어 있으면서 밖에 나가 돈을 써달라는 주문인 셈이다. 미 정부에서는 어떻게 해서든지 사람들로 하여금 돈을 쓰게 만들려고 안간힘을 다 쓰고 있다. 심지어 지금은 저축할 때가 아니라는 점을 은근히 내비추고 있다.

저축을 하면 개인적으로는 앞날을 대비하는 길이 될 것이지만, 이로 인해 경제가 망가지면 저축한 돈이 무슨 값어치가 나갈 것인지 생각해 보라는 주문이다.

1930년대의 경제 대공황과 현재의 전 세계적인 경제 침체와의 차이점은 크게 두 가지로 생각해 볼 수 있다. 첫 번째로 1930년대의 세계경제는 요즈음처럼 전 세계의 모든 국가의 시장 및 금융경제가 거미줄처럼 엮어진 상태가 아니었다. 따라서 지역적인 경제적 대처가 가능했었다.

오늘날처럼 혼자서 아무리 경제 정책을 잘 펼쳐보려 해도 다른 나라들의 협조가 없이는 그 효과를 기대할 수 없다. 너무나 상호의존적이고 전 세계적으로 묶여 있기 때문이다.

두 번째로 당시 경제전문가들이 내놓은 경제 대공황의 처방으로 통화 팽창정책을 쓰게 되면 필연적으로 인플레가 오게 되어 이를 걱정하면서, 통화팽창을 막는 정책을 실시한 적이 있다.

그 결과 경제회복이 느려지면서 수많은 사람들이 불필요한 고생을 하게 되었다. 나중 학자들은 이 점에 대하여 날카로운 비판을 했다. 이에 현재 전 세계적인 경제 침체에 대해 여러 나라들이 통화 팽창정책을 기조로 경제 되살리기에 안간힘을 쓰고 있다. 그 효과가 나라별로 크고 작게 나타나고 있다.

즉, 전 세계적인 경제 침체를 전 세계가 합심해서 통화 팽창정책을 펴면서 이를 극복하고 있는 것이다. 통화 팽창을 하는 데에는 여러 가지 방법이 있다. 한 가지 방법은 다른 나라들로부터 돈을 꾸는 길이고, 다른 방법은 화폐를 찍어내는 길이다. 한 나라의 중앙은행은 돈을 찍어낼 수 있다.

인쇄비만 들어가는 아주 손쉬운 길로 돈을 마련할 수 있다. 한 국가만이 해 낼 수 있다. 미국의 경우에는 연방준비 은행에서만 돈을 찍어낼 수 있다. 지방정부는 꿈도 꾸지 못한다. 또 다른 길은 세금을 깎아주면서 남는 돈을 늘려줌으로 소비를 촉진시킴으로 통화팽창의 효과를 기대할 수 있다.

이런 통화 팽창은 즉각적인 경기부양 효과를 가져오게 된다. 은행에 돈이 없으면 융자가 안 된다. 그러나 팽창된 통화로 은행에 돈이

쌓이게 되면, 은행으로부터 융자를 얻기 훨씬 쉬워진다. 사업 자금을 돌리면서 사업을 계속하게 됨으로 고용인들을 해고할 필요가 없게 된다. 종업원들이 받은 급료로 돈을 쓰게 됨으로 경제부양 효과에 크게 이바지하게 된다.

그런데 문제는 팽창된 통화를 거두어 들여야 할 시기가 온다는 것이다. 정부는 경제가 안정되면, 팽창된 통화를 거두어들이게 된다. 통화를 거두어들이는 데 가장 효과적인 방법은 세금을 올리는 것이다. 경제가 안정된 다음에는, 세금이 올라가는 것은 불 보듯이 뻔한 사실이다.

제 3 부

여행하며
사는
즐거움

알래스카 여행의
단상

               지난주 이곳 애틀랜타에서 매달 친목 모임을 하는 60~70대 친구 부부들과 함께 시애틀을 거쳐 알래스카 크루즈 여행을 다녀왔다. 여행 안내자의 해박한 설명을 통해 알래스카 역사공부를 하는 기회도 얻었다.

    알래스카는 1876년 당시 제정 러시아로부터 미국의 국무장관인 슈워드가 720만 달러에 구매한 땅이다. 땅의 크기는 미국 본토의 5분의 1이나 되고, 남한 땅의 15배가 넘는 크기로 한국에서 가장 가까운 미국 영토다. 한 에이커당 2세트에 구매한 땅을 당시 의회에서는 추운 얼음덩어리 지역을 왜 샀느냐며 따졌고 바보짓이라고 했다.

    알래스카는 3천여 개의 강, 3백여만 개의 호수, 5천 개 이상의 빙

산 빙하가 숨 쉬는 꿈의 대륙이다. 석유 및 수자원 등 미국에서 가장 풍부한 지하자원을 갖췄으며 관광, 군사적 전략 요충지로 어느 주보다도 주요한 주이고, 1959년에 이르러 미국의 49번째 주가 되었다.

미국에 이민 오기 전 배를 타고 한려수도 남해안 섬을 지날 때 푹 빠져서 보았던 아름다운 풍경이 떠오른다. 그런데 이번 여행에서 본 알래스카의 엄청난 모습은 미국은 물론 세계 여행의 필수코스가 될 것이라 여겨진다. 알래스카 주도인 쥬노로 가는 내수면은 예로부터 인디언의 수송로로 이용되었다는데, 배에서 바라보는 양안의 아름다운 해안과 눈 덮인 장엄한 산과 산의 절경은 무엇이라 표현할 수 없는 신비한 모습이었다.

무엇보다 세계 자연유산인 빙하 국립공원, 그레이셔 베이 빙하에서 천둥소리 같은 큰 소리와 함께 떨어지는 빙벽의 위대한 모습에 모두 탄성을 질렀다. 천여 명 넘는 승무원과 3천 명이 넘는 승객이 함께하는 각종 프로그램은 즐거운 시간의 연속이었다.

이번 여행에서 생각나는 것이 있다. 저녁 때는 김치는 물론 고추장과 양념장이 나왔다. 떠나는 마지막 날 저녁에는 김치찌개까지 먹었다. 미국에 사는 교포들은 물론 한국에서 오는 여행객이 증가하다 보니 여행사 측에서도 신경 쓴 모양이다. 작은 부분 같지만 한국의 영향력을 실감하였고, 기분 좋고 즐겁게 식사했다.

또 하나 기억나는 것은 수많은 시설 중에 도서관이 있다는 것이었

알래스카 여행의 단상

다. 큰 도서관은 아니었지만, 여행 중에도 아름다운 경치를 보며 책을 읽거나 글을 쓰는 여행객이 있었다. 주요 국가별로 책들이 분류되어 있었는데 중국과 일본 책장에는 책들이 가지런히 놓여 있었다. 그런데 한국 칸에는 책들이 거의 비어 있었다.

시애틀에서 가이드와 함께 온 여행사 사장 김상미 씨는 우리에게 다음과 같이 말하며 섭섭함을 토로하였다.

"여행하시는 한국 분들을 위해 제 돈을 꽤 많이 써서 책을 구매했더니, 하나하나 없어지고 채워도 하나둘씩 없어져서 결국 초라해졌습니다. 왜 없어지느냐고요? 누가 가져갔겠습니까? 한국 책을 읽을 줄 모르는 분이 가져갔겠습니까?"

한국의 국력이 커지고 소득이 증가하면서 여행할 기회가 많아짐에 따라 공동체와 이웃에 대한 배려, 공공의식 윤리도 함께 성장해야 할 것이라 생각된다. 함께 떠난 우리 일행은 가정 형편이 다르기에 지난 일 년 동안 매달 적립하여 이번 여행을 다녀왔다. 여행하며 여가를 갖는 것은 우리의 생활과 활동을 더욱 활기차게 한다고 생각한다. 여행은 풍경만을 바라보는 것이 아니라 인생의 시야를 넓히고 배우는 것이라고 한 누군가의 말처럼 이번 여행에서 그 말이 더 실감이 났다. 이번 여행에서 함께 한 모든 분과 깊은 친교와 뜨거운 우정을 나누었다. 이제 우리는 내년의 행선지를 계획하고 준비하기로 하였다.

벗과 함께하는
미국 역사 여행

　　　　　　　　필자에게는 리 비클리(Lee Buechele)
라는 미국인 친구가 있다. 일주일에 3~4일 아침에 만나 커피를 마시
며 그날 신문에 실린 뉴스를 화제로 이야기를 나눈다. 20년 넘게 사
귀며 형제처럼 가깝게 지낸다. 그는 미 육군 중령 출신으로 한국에
근무한 바 있으며, 제대 후에는 대학교에서 강연했다. 현재 교회에
서 청소년을 위한 봉사활동을 펼치며, 독서모임 회장도 맡고 있다.
음악과 역사에 관심이 많으며, 각종 연극과 영화에서 배우로 활약하
고 있다.

　필자는 이 친구와 몇 년 전부터 함께 미국 전역을 여행하고 있다.
역대 미국 대통령의 출생지, 고향, 퇴임 후 대통령 박물관, 도서관을

방문하며, 그 지역 역사와 인물도 함께 탐구한다. 지난해에는 자동차로 6개 주를 함께 여행했다.

세계적 신학자 토머스 머튼이 수도사로 지냈던 켄터키 주 겟세마니 수도원을 방문하여 그가 철학과 사상을 키운 곳을 둘러보았다. 또한, 에이브러햄 링컨 대통령이 출생한 통나무집과 그가 읽었던 두툼한 성경도 보았다. '톰 소여의 모험'을 쓴 마크 트웨인의 고향, 햇빛이 은빛처럼 흐르는 미시시피 강가의 작은 도시도 방문했다.

또한, 해리 트루먼 대통령이 출생한 미주리 주 캔자스시티의 대통령 박물관을 방문해 감회를 느꼈다. 만약 트루먼의 결단이 아니었다면, 6·25 전쟁에 미군의 한국전 참전은 없었을 것이다. 박물관에서는 낙동강 방어선 전투 및 부산까지 함락당할 뻔했던 긴박한 상황의 역사 자료를 볼 수 있었다. 빌 클린턴 대통령의 도서관이 있는 아칸소주 리틀락은 아담한 도시였다.

올해는 텍사스로 여행을 떠나기로 하고, 비행기로 산 안토니오까지 가서 렌터카를 빌려 여행했다. 산안토니오에는 그 유명한 알라모 유적지가 있다. 1836년 3월 6일 알라모 성채에서 2백 명의 미국인 결사대가 3천여 명의 멕시코 군인과 전투를 벌여 전원이 전사했다. 이들의 애국적 전사 소식에 미 육군은 북쪽에서 내려와 멕시코군을 물리쳤다. 이를 계기로 미국은 멕시코로부터 텍사스 주를 양도받고 차례로 뉴멕시코, 애리조나, 캘리포니아 등도 영토로 삼았다. 이처럼 알라모의 암락은 미국 역사의 이정표가 되었다.

텍사스 주도인 오스틴 텍사스 대학 내에 있는 린든 존슨 대통령 박물관도 가보았다. 흑인들의 인권을 이룩한 대통령, 위대한 미국을 만들겠다는 꿈을 가진 대통령이었다. 댈러스로 향하는 연방도로는 현재 거대한 규모에도 도로를 더욱 크게 만들기 위한 확장공사가 이뤄지고 있었다. 미국 경기불황에도 아랑곳없어, 석유가 나는 텍사스 주는 석유자본이 넘쳐 건설 경기도 좋다고 한다.

존 F. 케네디 대통령이 암살당한 텍사스 댈러스 시의 6층 건물은 현재 케네디 박물관으로 바뀌었다. 지금도 미국은 물론 세계 각국의 여행객들이 박물관으로 몰려오고 있었다. 북적대는 관람객은 젊은 나이에 대통령에 당선된 그의 자료를 유심히 보고 있었다. 또한, 서든 메소디스트 대학에 있는 조지아 부시 대통령의 도서관과 박물관은 그 규모와 내용이 그 어느 대통령보다 크고 풍부했다.

애틀랜타보다 댈러스가 가장 부러운 점은 예술의 전당이다. 수십 에이커의 지역에 미술, 조각, 무용 등 세계적 수준의 예술가들이 활약하고 있다. 역대 시장과 뜻있는 지도자들이 함께 만들어낸 지역이었다. 댈러스의 유명 식당에도 몇 군데 가보았는데, 최신 유행의 옷을 입은 아름다운 남녀들을 보며 여기가 프랑스 파리인 줄 알았다.

워싱턴에서 오바마까지, 미국 대통령은 모두 44명이나 된다. 필자는 지금까지 열 곳의 대통령 관련 유적지를 방문했다. 아직 34곳의 박물관을 못 가봤는데, 앞으로 여러 해가 더 걸려 여행해야 할 것 같다. 책이나 뉴스를 통해 배우는 역사를 역대 대통령이 출생하고 자란 대통령 박물관에서 직접 보고 배우며 미국의 원대한 도전정신과 포부를 배우게 된다.

필자는 또한, 연기 생활을 하는 친구 덕에 셰익스피어의 연극과 오페라도 함께했다. 세상에 살면서 감사할 것이 많지만, 이러한 친구가 있다는 것이 고맙고 감사한 일이다. 내일 아침에는 어떤 화제로 이야기해야 할까. 세계 정치, 경제, 동네 이야기, 철학, 영화, 역사 이야기 등등을 머릿속에 떠올리며 생각한다. 또 내년에는 어디로 함께 여행을 떠날지 의논도 해야겠다. 나이 들어 깊은 우정을 함께하는 미국 친구를 가진 것이 자랑스럽다.

미국 친구와 함께 하는 여행(링컨이 어렸을 때 읽었던 성경책)

페루 선교여행

                              페루 강가리 마을로 선교여행을 떠난다. 애틀랜타 순교자 천주교회 평신도 위주로 매년 계속되고 있는 행사다. 애틀랜타 한인교회와 애틀랜타 순교자 천주교회는 지난 2010년 5월 UCOC(United Church Outreach Coalition)를 결성하고 애틀랜타 지역사회에 도움이 되는 사역을 펼친 바 있다.

  안정호 신부, 김정호 목사와 평신도 리더들이 모여 시작된 이 단체는 종파의 경계선을 넘어 서로 협력하여, 그리스도의 사랑 안에서 이 사회의 어려움을 겪는 사람들의 삶의 환경을 향상시키기로 했다. 우리 사회의 어둡고 아픈 곳에 빛과 소금의 역할을 함께 하기로 동의하고, 한인사회뿐 아니라 다른 소수민족의 아픔도 함께 나누어 종교와 종파를 넘어서 협력하기로 했다.

2010년 2차에 걸쳐 '거북이 마라톤 대회'를 개최하며 모은 기금을 팬아시안 센터와 애틀랜타 한인회 패밀리센터에 전달한 바 있다. 그때 함께한 인연으로 이번 선교여행에 동참하게 되었다.

떠나기 전에 벌써 열 번 이상 준비모임을 가졌다. 평신도 위주의 선교이기에 교회 지원 없이 참가자들이 스스로 모금을 했고, 현지에서는 항상 겸손한 태도, 사랑 표현, 밝은 표정을 갖추고 그들의 문화·관습·종교를 존중할 것 등 주의사항에 대해 공부도 하였다. 간단한 스페인 어를 익히고 현지인들과 가까워지기 위해 처음에 스페인 어로 자기 소개할 수 있도록 당부받았다.

또한, 그곳은 현재 겨울이기에 밤에는 춥고 낮에 밭에서 일할 때는 햇볕에 목이 탈 정도로 뜨거워 일교차가 심하다고 한다. 따라서 옷도 겨울옷과 여름옷을 다 가져가야 한다. 물이 귀하여 목욕을 할 수 없고, 변소도 수세식도 아니며 화장지도 없기에 물티슈를 가져가야 하고 파상풍 예방주사도 맞아야 했다.

선교지에 가면 직접 농장에서 농사일을 함께해야 하고, 그곳 어린 아이들을 위한 공부방을 지어주는 것 또한, 중요한 일정 중 하나다. 선교지인 강가리는 큰 지도에도 없는 오지로, 페루의 수도 리마에서 10시간 이상 버스를 타고 가야 한다. 도중에 바다를 끼고 가다 사막을 지나고 해발 4,300미터 높이의 안데스 산맥을 넘어간다고 한다.

페루 선교 여행을 떠나다

잊지 못할 2주간의 페루 여행

높은 산을 넘어서 가기에 산소가 부족하여 머리가 아프고 숨이 차는 고산병으로 고생한 사람도 많다고 한다.

이번 선교여행을 위한 안내책자에는 '선교는 어느 특정한 사람의 역할이 아니고 그리스도인 모두가 참여해야 할 사명이다. 그리스도를 향한 뜨거운 사랑을 가난한 이웃에게 섬김과 나눔으로 전하는 것'이라고 소개하고 있었다.

우리가 가는 남미는 지구 상에서 4번째로 큰 대륙으로 12개국이 자리 잡고 있다. 페루는 그 중의 한 나라로 면적은 한국의 13배나 된다. 인구는 3천만 명이고 GDP는 세계 84위로 가난한 나라다. 페루의 역사는 BC 2만 년에서 BC 10세기까지 안데스 산악지대를 중심으로 원주민이 거주하였고, 그 후 고대 문화를 형성하였다. 1532년 스페인 피사로 장군에게 정복된 후 300년 동안 스페인 식민지로 지배받았다. 우리가 익히 들어 알고 있는 마추픽추는 지금도 어떻게 돌로 건물을 만들었고 길을 만들었는지 비밀에 쌓여 있는 거대한 건축물이다. 또한, 나스카에 있는 거대한 동식물 모양의 그림은 너무나 기묘해, 외계인이 만들었다는 설도 나오고 있다.

여행을 떠나기에 앞서 선교여행에 대하여 다시 한 번 생각하게 된다. 선교에는 여러 의미와 목적이 있겠지만, 몇 해 전 필자가 참석했던 미국 전역 한인 감리교 뉴욕 대회에서 들은 감리교 박정찬 감독의 말이 생각난다.

"선교는 가난한 사람들에게 빵을 주는 것이다. 우선 배고픈 사람에게 복음을 전하기에 앞서 방문 선교지 사람들의 필요를 충족시켜 주는 것이다."

그는 또 중남미가 가난한 이유에 대해 어느 신학자는 중남미는 미국의 이웃인데 이웃을 사랑하지 않는 미국의 크리스천들 때문이라고도 말했다. 이번 선교 여행을 통하여 나 스스로 지극히 작은 사랑을 전하는 도구로 쓰임 받게 된 것에 감사하고, 함께 가는 모든 일행이 건강하게 돌아오기를 기도한다.

페루의 한인
마더 테레사

　　　　　　　　　　페루 안데스 산맥 너머 오지 중
오지에는 한국의 '영원한 도움의 성모 수도회' 리마수도회의 분원
인 강가리 수녀원이 있다. 남미 현지 자원봉사를 온 필자는 그 안에
있는 방문자의 집에서 정신없이 자다가 몇십 년 만에 처음 듣는 닭
울음소리에 깨어났다. 전날엔 무더운 날씨에 산 중턱에 자리한 농장
에 가서 비탈진 곳의 빈 땅에 마을 수입원이 되는 고무나무를 심는
작업을 했다. 땅을 파고 묘목을 심고 물을 주는 작업이었다. 농장주
인과 수녀들, 우리 일행이 땀을 흘리며 묵묵히 일했다. 자고 나니 팔
다리가 저리고 온몸이 아프다고 아우성이었다.

　오늘은 수녀원에서 멀리 보이는 강 건너 '실코' 라는 마을을 방문

하는 날이다. 강 건넛마을은 우기 때 다리가 강물에 모두 떠내려갈 정도로 엄청난 홍수가 났던 곳이다. 지금은 건기라서 물이 줄어 두 군데의 임시 다리를 건너가야만 했다. 물에 쓸려온 작은 바위와 자갈밭을 지나고, 푹푹 파이는 모래사장을 걷다 다시 내리막 자갈밭을 걸었다. 또 오르막을 이리저리 걸으니 발바닥이 아프고, 어떤 곳은 돌과 바위 사이를 건너뛰어야 했기에 보통 어려운 일이 아니었다. 다리에 도착하니 건너편 가운데로 작은 강물이 흐르는데, 다리 발밑 부분은 판자를 깔았고 두 개의 줄을 잡고 건너는 아슬아슬해 보이는 흔들 다리였다.

일행 중 한 수녀가 먼저 밑을 보지 말고 다리를 건너는 시범을 보여주었다. 우리는 중간에 다리와 줄이 흔들거려 가다가 멈추고 무서워 소리를 지르다 보니, 일행 모두가 다리를 건너는 데 시간이 한참 걸렸다. 두 번째 다리도 무사히 건너 드디어 마을에 도착하였다.

지난해 동네가 생긴 이래 처음 전기가 마을에 들어왔다고 한다. 동네 마을에는 16가구가 살고 있고 교실이 3개인 학교에서, 동네 모든 어른과 아이들이 모여 환영해 주었다. 점심은 특별히 염소를 잡아 끓인 국에 국수를 끓여 한상 차렸다. 옆에 함께 앉은 어린이들은 맨손으로 고기를 잡고 신나게 뜯어먹었다. 평소엔 이렇게 푸짐하게 먹을 기회가 없는 것 같았다.

뜨거운 대낮이라서 동네 사람들은 나무그늘에 앉아 점심을 먹는 가운데 함께 노래를 불렀다. 아이들에게는 애틀랜타에서 가져온 학용품과 치약 및 로션을, 어른들에게는 가정에 필요한 약과 면 가방을 골고루 나누어 주었다. 그런 가운데 헤어질 때가 되니 아이들은 우리에게 매달리고, 어른들은 한 사람씩 볼을 비비고, 여자들은 입맞춤해 주었다. 필자는 눈물이 핑 돌았다. 일 년 중 수녀를 빼고 이런 외지를 찾아오는 방문객은 우리뿐이라고 한다. 가난하고 문명에 접하지 못하고 살고 있으나, 순박하게 삶을 일구며 서로 돕고 사는 그 마을 사람들이 행복해 보였다.

다시 강을 건너와서 오후에 공부방에서 수고하는 한 수녀가 이야기를 들려주었다.

"평일 오후가 되면 어린이들은 수녀원 언덕을 올라옵니다. 강가리 마을 제일 높은 곳에 자리 잡고 있는 수녀원 공부방 수업은 길게는 하루에 3시간 정도지만, 공부방에 온 아이들에게는 공부도 하고, 놀기도 하고, 맛있는 간식을 먹을 수 있는 곳이지요. 가난함에서 오는 기쁨은 무소유의 만족도 있겠지만, 작은 것에 만족하는 기쁨도 위대한 것이랍니다. 아이들은 이 작은 것들에 만족하며 행복해합니다. 수업을 마치고 돌아갈 때 주는 사탕 하나에도 기뻐하고, 깨끗하게 손을 씻게 한 후 갈라지고 튼 작은 손에 로션을 발라줄 때도 지금껏 한 번도 사용해 보지 못했다며 기뻐합니다. 전기가 들어오지 않기에 처마 밑에 앉아 달빛 아래서 공부하면서도 행복해합니다."

페루에 있는 한인 마더 테레사들

저녁을 먹은 후 밤이 되니 밤하늘의 별자리가 무척이나 아름다웠다. 수녀들에게 남반부에서만 볼 수 있는 남십자성과 여러 별자리와 별의 이야기를 들었다. 밤하늘의 밝은 별을 보니 어렸을 적 동심의 세계로 돌아가게 된 것 같았다.

하루의 일과를 모두 마치고 평가 시간이 돌아왔다. 한 의대 학생은 강 건너 실코 마을을 다녀오는 한 걸음 한 걸음이 이토록 힘든데, 수녀님들은 이런 생활을 매일 반복하니 얼마나 힘드실까 생각하고는 울먹였다. 한 젊은 사업가는 지금 사업체를 몇 개 운영하지만, 수녀님이 하는 일 앞에서는 작아지는 기분이 든다고 말했다. 그래서 힘들어도 다시 오게 된다고 했다.

또 한 사람은 자기 한 몸을 하나님께서 사랑하는 지극히 작은 사람에게 던지는 수녀들의 거룩하고 목적 있는 순례의 삶을 보았으며, 이번 여행은 남은 내 생에 좋은 선물이 될 것이라고 말했다.

비행기 안에서 보니 남미 미지의 대륙 서쪽, 한때 잉카의 거대한 문명을 이룩했던 이곳 안데스 산맥을 따라 고공 위에 뜬 흰 구름은 흐르고 또 흘러갔다. 지난 2주간 세상의 모든 소식과 단절된 생활 속에서 인디언 후예들의 힘든 삶을 함께하고 엿보고 흉내 내다가 미국에서의 삶이 얼마나 풍요로운지 생각하며 남은 생을 어떻게 살아야 할지 기도하게 된다.

페루 선교 여행

지중해 5개국
크루즈 여행

　　　　　　　　　1년 전부터 필자가 속한 애틀랜타 친목모임에서 지중해 연안 5개국 크루즈 여행을 함께하기로 했다. 그래서 지난 10월 말 20여 명의 회원 가족과 게스트 멤버와 함께 출발해, 16일간 크루즈 여행을 즐기며 5개국에 기항했다.

　애틀랜타 공항을 떠나 네덜란드 암스테르담을 거쳐 오랜 역사를 지닌 스페인 제2의 역사 도시인 바르셀로나, 그다음 프랑스의 프로방스 지방(틀롱과 마르세유), 이탈리아의 피렌체, 피사, 로마와 나폴리, 소렌토, 폼페이를 거쳐 온종일 항해했다. 그리고 나서 '에게 해의 흰 보석'이라고 불리는 그리스 미코노스, 터키의 이스탄불과 에페소스를 거쳐 서양문명의 근원인 그리스 아테네에 가 보았다. 마지막으로 이탈리아 베니스를 관광하고 항공편으로 독일의 프랑크푸르트를 거쳐 다시 애틀랜타로 돌아왔다.

우리가 승선한 배는 노르웨이 소속의 크루즈 배로 7만 5,000톤급으로 중형 배다. 이 배에는 58개국에서 온 천여 명의 남녀 종업원들이 승객을 위해 수고하고 있었고, 승객은 2천여 명이었다. 큰 배는 4,500명까지도 탑승한다고 한다.

우리가 탄 이 배는 13층의 객실과 10여 개의 각종 식당, 미용실, 수영장, 도서관, 농구와 골프연습장, 라스베이거스 스타일의 화려한 쇼와 뮤지컬 등의 다양한 공연 문화, 사우나, 헬스클럽, 카지노 등이 있었다. 또 매일같이 객실로 신문이 배달되어 다음날 각종 행사 시간표와 상륙지에 대한 상세한 일정이 안내되었다.

제한적이지만, 이 여행은 5개국 주요 항구에 귀항한 후, 다시 버스와 배로 몇십 마일 육지로 이동하여 역사가 깊은 여러 교회, 기원전의 유물이나 잔해, 문명과 문화를 현지 가이드의 안내를 받아가며 배울 수 있었다. 남부 유럽은 서양 문화의 뿌리인 고대 그리스와 로마 문명이 시작된 곳이다. 남부 유럽 국가는 지중해의 뱃길로 연결된다.

이 나라들은 오랫동안 지중해를 오가며 사상, 기술, 문화를 함께하였다. 여름엔 기온이 높지만 비가 거의 내리지 않고, 겨울엔 비교적 따뜻하고 비가 적당히 내려 남부 유럽은 곡물 농업보다 과수 농업이 활발하여 포도, 올리브, 오렌지, 레몬을 많이 기른다. 이곳 사람들의 종교는 가톨릭이 가장 많고, 그리스 정교회와 이슬람교도 믿는다.

애틀랜타의 탑여행사가 모든 여행에 대해 친절하게 안내해 주었다. 그리고 배 안에서 우리는 시애틀, 밴쿠버 등지에서 온 한인들과 그룹을 이뤄 함께 여행하였다. 특히 시애틀의 김상미 사장이 직접 동행하여 그분의 배려와 한인 여행객들의 영향력으로 거의 매일 저녁 김치찌개와 고추장 양념장으로 배추나 상추쌈을 먹을 수 있어 즐거웠다.

이번 여행에서 특별히 눈에 띄는 사람은 중국 관광객이었다. 이 배의 2천여 명의 승객 중 2백여 명이 중국인이라고 하는데, 대부분 함께 몰려다녀서 눈에 확 띄었다. 더구나 자기들끼리 너무 시끄럽게 떠들기에 분위기를 흐리는 경우가 많았다. 식당이나 공연장에서, 심지어는 함께 탄 엘리베이터에서도 다른 외국인을 배려하지 않고 중국 말로 큰소리로 떠드는 일이 비일비재했다.

점심때가 되어 배가 육지에 닿으면 어느 식당에서 식사할 터인데, 그들은 배 안 식당에서 무료로 제공하는 과일이나 여러 가지 음식, 음료수를 바리바리 싸가서 가방에 넣어가곤 했다. 중국인은 수영장이나 야외식당에서도 자기 집인 양 크게 떠들기에 서양인들이 눈살을 찌푸리곤 했다. 얼마 전 시진핑 중국 국가주석이 외국 여행 시 교양 있는 행동을 하라고 언급한 기사를 본 적이 있다. 아마 우리도 가난하게 살다가 외국여행을 처음 할 때는 이런 모습을 보이지 않았을까 싶다.

여행은 다른 사람들의 삶을 통해 나를 돌아보고, 다른 사람의 좋은 모습을 보고 내가 좀 더 나은 삶을 살도록 본받는 것이다. 비록 돈도 시간도 들지만, 여행을 다녀오면 많은 것을 배우고 즐겁게 살아갈 수 있는 에너지도 생긴다. 배움에는 끝이 없다고 하는데 인생 자체가 여행일 것이다.

이번 여행에서 마지막 떠나는 이탈리아 베니스에서 KLM(네덜란드 항공사) 조종사의 파업으로 하루를 더 머물게 되었다. 공항 주변의 고급 호텔에서 무료로 지냈고, 우리끼리 육지 안쪽의 고색창연한 중세의 베니스 거리를 관광하는 보너스 시간을 갖게 되었다. 무엇보다 광장 한가운데서 그랜드 피아노를 연주하는 음악인을 보고 큰 감명을 받았다. 경쾌한 피아노 소리에 지나가는 많은 사람이 발길을 멈추었다. 필자는 건너편 성당 입구 계단에 앉아 감상했고, 그의 피아노 CD를 구매하고 사인을 받았다. 이번 여행을 통하여 배우고 생각되는 것이 많아, 앞으로 국가별로 몇 번에 걸쳐 글을 쓰고 싶다.

친구들과 함께 한 지중해 크루즈 여행(바르셀로나 인근 수도원)

삶은 미완성일 때
가장 아름다워

　　　　　　　　　　　　　　　　　밤늦게 애틀랜타 공항을
떠나 다음날 암스테르담을 거처 스페인 제2의 도시인 바르셀로나에
도착했다. 공항에서 현지 가이드와 함께 대기한 버스를 타고 시 외
곽에 있는 몬세라(Montserrat) 수도원으로 향했다. 산 위로 향하는
동안 굴곡이 심하고 산세가 깊은데 왜 수도원으로 가는지 미리 알려
주지 않았기에 궁금증이 더해졌다. 산 정상에는 커다란 마을이 있었
는데, 마을 전체가 수도원 때문에 생긴 동네라고 한다.

　애틀랜타와 유럽 간의 시차로 수도원에서 운영하는 호텔에 도착
한 시간은 깜깜한 밤이었다. 아침에 일어나보니 수도원 뒤쪽의 산은
깎아지른 듯이 높으면서도 여러 모습의 조각과 같은 신비한 모습이

었다. 경사가 가파른 산 정상까지 특수한 기차가 오르고, 멀리 산 밑까지도 기차 레일이 깔려 있다. 설명을 들으니, 이 수도원은 천 년이 넘는 유구한 역사를 지녔으며, 스페인은 물론 세계적으로 유명하다고 한다. 커다란 성당, 박물관, 호텔, 여러 종류의 음식점, 유럽에서 가장 오래된 소년합창단도 있다. 수백 에이커나 되는 이곳을 보며 감탄을 자아냈는데 이는 예기치 않은 큰 선물을 받은 느낌이었다.

스페인은 유럽 대륙의 서쪽 끝인 이베리아 반도에 있고, 서쪽으로 포르투갈 북쪽으로 프랑스에 접하고, 남쪽으로는 지브롤터 해협을 사이에 두고 모로코와 마주하며, 동서양 쪽은 지중해와 대서양을 바라보고 있다. 공용어인 스페인 어는 멕시코, 중남미 등 3억 명이 사용하는데 영어, 중국어 다음으로 세계에서 세 번째로 많이 쓰는 언어다.

한반도에 처음 발을 디딘 유럽인은 스페인 출신의 신부 세르반테스였다. 애국가를 작곡한 안익태 선생은 스페인에서 생활하다 여생을 마쳤다. 스페인 한인 교민은 5천여 명이고 바르셀로나에는 1천 3백여 명이 거주한다.

1992년 바르셀로나 올림픽 마라톤에서 황영조 선수가 자랑스러운 금메달을 거머쥐었다. 당시 황영조 선수는 바르셀로나 주 경기장 서쪽의 급경사 난코스인 몬주익 언덕에서 마지막 스퍼트를 하여 2, 3위로 쫓아오던 일본과 독일 선수들과의 차이를 크게 벌렸다. 그리고 1위로 골인한 뒤 쓰러진 그는 '몬주익의 영웅'이라고 불리기도 한다. 대한민국 정부수립 이후 사상 첫 마라톤 금메달이었다. 지금도 황영조 선수를 형상화한 조형물이 몬주익 올림픽스타디움 앞 광장에 있다.

스페인에서 두 번째로 큰 도시인 바르셀로나는 뉴욕이나 리우데자네이루, 호주의 시드니처럼 유명한 관광지다. 바르셀로나가 유명해진 이유는 여러 가지 있지만, 지중해의 밝은 태양과 오랜 도시 역사의 흔적, 그리고 무엇보다 가우디, 피카소, 미로와 같은 예술가들의 작품이 잘 보존되고 있기 때문일 것이다.

본격적으로 바르셀로나 시내로 입성했다. 이 도시 관광의 출발점이라 할 수 있는 카탈루냐 광장에서 콜럼버스 동상이 있는 항구까지 이어지는 1.2㎞의 람부람스 거리로 갔는데, 이곳에는 어김없이 거리의 예술가들이 자리 잡고 있었다. 이 길은 바르셀로나 시민뿐만 아니라 외국 관광객이 가장 많이 찾는 곳이다. 람부람스 거리를 걸어보지 못한 사람은 바르셀로나 낭만을 느끼지 못한 사람이며, 세상 끝으로 향하는 길을 걸어보지 못한 사람이라고 한다. 이곳 광장의 오픈 카페에서 유럽에서 제일 맛이 좋다는 커피를 마시며 시내를 구경하였다.

그다음으로 바르셀로나의 대표적인 명소이자 가우디의 천재성이 응축된 '성 가족 성당'으로 향했다. 성당 주변은 수많은 기념품 상가와 식당이 즐비하여 도로에는 엄청난 수의 관광객이 넘쳐났다. 거대한 옥수수 모양을 한 첨탑 4개가 하늘을 향하고 있는 듯한 독특한 모양의 이 건물은 최고 높이가 170m나 된다. 가우디는 건물 정면에 예수 그리스도의 탄생, 수난, 영광으로 장식했다. 약 120년 전에 착공했지만 아직도 공사가 진행 중이다. 또 다른 가우디의 대표작 가운데 하나는 구엘 공원이다. 어린이 테마파크에 들어온 것 같은 환상을 불러일으키는 곳으로, 일부는 유네스코에 등재될 정도로 아름다운 곳이 많다.

가우디가 전해준 교훈은 평생 가슴이 이끄는 방향으로 비행하라는 것이다. 그리고 미완의 작품으로 신화가 된 가우디는 우리에게 여전히 말하고 있다.

"인생에서 완성은 없다. 삶은 미완성일 때 가장 아름답게 빛난다."

한 사람의 집념, 의지, 끈기가 지금도 계속되고 존중되는 바르셀로나에는 앞으로도 많은 순례자와 관광객이 찾아올 것이다. 오후 늦게야 크루즈에 승선하였다. 필자는 내일 프랑스 남부 프로방스로 떠나는 꿈을 꾸며 배 안의 방에서 아내와 함께 깊은 잠이 들었다.

스페인의 바르셀로나에서(120년 동안 공사 중인 성 가족 성당)

잊지 못할
추억거리

크루즈는 스페인 바르셀로나
에서 남부 프랑스 프로방스의 툴롱 항구에 도착했다. 프로방스는 프
랑스 남동부의 지중해 해안선 지대와 이에 바로 접해 있는 내륙지방
으로 이루어져 있다. 프랑스 제1 군사기지로 중요한 군사항구 도시
면서 아름다운 항구로 이름난 곳이다.

프로방스의 주도이며 프랑스 대도시 중 역사가 가장 깊은 마르세
유는 기원전 600년경 그리스인과 페니키아 선원이 건설한 데서 유
래한다. 1481년 프로방스 지방이 프랑스 왕국의 일부로 통합되면서
마르세유는 독립된 행정체제를 고수했다. 그 후 마르세유는 프랑스
혁명을 적극적으로 지지했는데 1792년 파리로 진군해간 혁명가들

이 부르던 라 마르세예즈(La Marseillaise)라는 이름으로 널리 퍼져 프랑스 국가가 되었다.

그리스 로마 시대에 마르세유는 지중해 지역 세력이 서부 유럽에 진출하는 해안 교두보 역할을 했고, 산업혁명 이래 서구제국 식민지 개척을 위한 전진기지를 구축했다. 19세기 후반에는 북아프리카 해적의 정벌, 알제리 정복, 수에즈 운하 개통 등에 힘입어 제국의 항구, 프랑스 제2의 큰 도시로 거듭났다.

우리 일행은 버스로 툴롱의 항구와 시가지를 돌아 마르세유로 향했다. 차창을 통해 본 프랑스 농촌은 잘 가꾼 밭과 농장, 과수원이었는데, 다채로운 농가의 지붕을 보니 정겹고 평화스럽고 조화로웠다.

영어를 또렷이 발음하는 품위 있고 아름다운 프랑스 여인의 안내로 마르세유의 이곳저곳을 관광했다.

특히 이 도시에서 가장 높은 곳에 있는 성당은 수백 년이 넘는 온갖 유물과 거대한 예수와 성모 마리아상을 보유하고 있고, 모든 마르세유 항구와 시가지를 내려다볼 수 있었다. 몇 년 전 필자는 영국 런던을 거쳐 도버 해협을 바다 밑으로 지나 파리에도 가본 적이 있어 감회가 새로웠다. 아름답기 그지없는 프랑스의 프로방스 지방은 고도 지난 유럽의 역사를 많이 간직한 곳으로 꼭 가봄직한 곳이라고 추천하고 싶다.

다음날 르네상스의 고향인 플로렌스로 향했다. 이탈리아 사람들

프랑스 프로방스와 이탈리아 서북부 여행(단테 하우스)

프랑스 프로방스와 이탈리아 서북부 여행(피사의 사탑)

은 '피렌체'라고도 부르는데 '꽃의 도시'라는 뜻이다. 이곳에서 두오모 성당과 여러 역사적으로 뜻깊은 관광지를 도보로 온종일 다녔다. 플로렌스는 13~15세기에 신 중심의 중세 암흑기를 벗어나 인간 중심의 르네상스 정신이 태동하고 개화한 본고장이다. 단테, 미켈란젤로, 레오나르도 다빈치, 갈릴레이, 라파엘, 마키아벨리 등이 활동한 곳으로, 그들의 위대한 업적이 그 모습 그대로 살아 있어 오늘로 이어진다. 그리고 피렌체 공화국의 지배자였던 메디치 가의 후원과 가문의 이야기도 빼놓을 수 없는 역사다.

이번 여행에서 잊을 수 없는 일화가 있다. 필자는 5년 전 유럽 여행 중 단테의 집을 구경하다가 일행과 떨어져 고생한 적이 있었는데, 이번에도 똑같이 단테의 집에서 사진 몇 장을 더 찍고 나오다가 수많은 관광객에 엉켜 일행을 또 잃어버리게 되었다. 두 번째 겪는 일이라 마음을 가라앉히고 사람들이 많은 광장에 가서, 여러 대의 경찰차가 서 있는 곳으로 갔다.

그 중 별 네 개를 단 지역 경찰서장쯤 되는 사람에게 자초지종을 설명했으나 그는 안타깝게도 영어를 못했다. 그래서 그중에 영어를 할 줄 아는 경찰이 필자를 데리고 파출소로 갔다. 그 경찰들은 함께 온 가이드 이름과 전화번호를 알려달라고 했다. 모른다고 했더니 어찌 이런 일이 있을 수 있느냐, 이런 여행사는 문을 닫게 해야 한다고 서로 이야기를 하였다. 그러고는 정 연락이 안 되면 미국 대사관에 연락하여 미국으로 보내주겠다며 나를 안심시키고 음료수를 주었다.

두 시간 정도 지난 후 우리 일행 한 사람이 경찰서에 신고하여 필자가 있는 곳으로 찾아왔다. 친절을 베푼 두 경찰관의 이름과 주소를 적어왔다. 그리고 걱정을 끼친 점에 대해 사과했다. 잊지 못할 추억이었다. 그 후 크루즈 배에서 내릴 때는 여행사에서 꼭 현지 안내인의 이름과 전화번호를 알려주었다. 내게 친절을 베푼 플로렌스의 두 경찰관에 대한 감사의 편지를 이번 주 중으로 이탈리아 관광장관과 경찰서장, 애틀랜타나 워싱턴 DC의 이탈리아 대사에게 보낼 예정이다.

늦은 오후가 되어서야 플로렌스에서 북쪽으로 한 시간 거리인 갈릴레오의 고향, 피사로 향했다. 쓰러질 듯하면서 수백 년을 불안하게 버텨온 세계 7대 불가사의 중 하나인 피사의 사탑을 보고 그 밖에 여러 역사의 자취와 흔적을 만나보았다. 오늘도 잊지 못할 추억을 간직하고 배로 돌아와 저녁식사 후 일행과 함께 극장에서 뮤지컬 쇼를 관람한 후 깊은 잠에 빠졌다.

죽기 전에
가봐야 할 곳

크루즈는 어느덧 로마 서쪽의 항구에 닿았다. 모든 길은 로마로 통한다는 그 로마에 버스를 타고 도착했다. 언제나 많은 사람이 줄 서서 기다리는 바티칸에 먼저 방문했다. 바티칸은 독립국이기에 입국 수속도 밟고 모든 소지품도 검사를 받았다.

이탈리아는 유네스코 지정 세계유산이 가장 많은 나라이고, 바티칸은 나라 전체가 대부분 유네스코의 유산이다. 해마다 천만 명 이상이 다녀가는 성 베드로 대성당과 광장, 박물관, 미술관 등을 꼼꼼히 보려면 몇 날 며칠이 걸릴 정도로 볼거리가 많았다. 우리는 귀에 수신기를 꼽고 안내인의 설명을 들으며 먼저 박물관으로 향했다. 안내인은 이탈리아에 음악 공부하러 왔다가 10년째 거주하는 한인교포였다. 그는 이탈리아의 역사와 미술, 조각, 문화 등에 대해 전문가 수준으로 설명했다.

세계 3대 박물관은 런던 대영박물관, 프랑스의 루브르 박물관, 그리고 바티칸 박물관이다. 이곳에는 고대 그리스 미술부터 중세까지 미술사적으로 가치 있는 다양한 작품이 소장되어 있다. 특히 르네상스 시대의 미켈란젤로, 라파엘로 등 대화가의 벽화도 많다. 미켈란젤로의 '천지창조'는 4년간의 작업 끝에 완성된 대작이다. 한국을 다녀가기도 했던 프란치스코 교황은 인기가 있어서 그가 설교하는 날이면 베드로 광장이 늘 가득 찬다고 한다.

세계에서 가장 큰 성 베드로대 성당은 돔의 둘레만 해도 어른 80명이 껴안아도 부족할 정도고, 미사를 드리는 제단 수만 44개나 되는 거대한 성당이다. 성당 안을 돌아보며 장엄한 분위기에서 예수님이 무언으로 하시는 말씀을 듣는 듯했다.

연약한 우리는 겸손한 마음으로 자신의 일로써 이웃과 사회에 헌신하며 열심히 살라고 하시는 것 같았다. 그리고 로마의 여러 곳을 다녔다. 오드리 헵번의 연기로 유명한 영화 '로마의 휴일'의 무대인 스페인 광장과 트레비 분수는 로마 방문객에게는 성지와도 같은 곳이다. 이 분수에 동전을 한 번 던지면 로마에 다시 올 수 있고, 두 번 던지면 사랑이 이루어진다는 이야기가 전해진다. 로마 제국의 영광

영원한 도시 로마의 나폴리(바오로 성당)

이 느껴지는 대전차 경기장, 콜로세움 등을 본 후 세계 3대 미항 중 하나인 나폴리로 향했다.

"나폴리를 꼭 한 번 본 후에 죽어라"는 속담으로 유명한 나폴리는 이탈리아 남부의 대표 도시다. 우리는 산타루치아 해변과 카스텔 델 로모를 둘러본 후, 남국의 정취가 물씬 풍기는 소렌토로 갔다. 이곳 은 고대 로마 시대부터 귀족의 휴양지로 빛나는 태양과 신선한 바람 이 가득한 아름다운 고장이었다.

이곳 절벽에서는 멀리 카프리 섬에서 오는 배도 보이고 '돌아오 라 소렌토'의 선율을 들을 수 있다. 잘 알려진 '오 쏠레미오'도 소렌

영원한 도시 로마의 나폴리(로마의 플로세움)

토 바다에 쏟아지는 태양을 노래한 이탈리아 가곡이다. 시내도 걸으
며 시장에서 이 고장 특산품인 레몬주 샘플을 맛보며 이웃과 가족에
게 선물할 레몬비누와 기념품을 구매했다.

　다음으로 폼페이로 향했다. 고대 시절 베수비오 화산이 폭발해 폼
페이를 흔적도 없이 집어삼켰다. 이 도시는 1748년 처음 발굴되었
고, 그 당시 생활의 모습을 볼 수 있게 되었다. 자료관에는 순간적으
로 화석이 되어버린 사람들이 진열되어 있었다. 엎드려 있는 모습,
누워 있다 일어나려던 채로 굳어진 모습, 무릎을 껴안고 웅크린 모
습 등을 볼 수 있었다.

커다란 남녀 목욕탕, 수도 시설, 여러 조각과 그림도 볼 수 있었다. 2000년 전에도 남녀가 즐기는 유곽이 있었고, 발굴된 방에는 여러 벽화도 있었다. 거리에 설치된 수도시설이나 완벽에 가까운 음향 효과로 지금도 훌륭하게 제구실을 할 수 있다는 극장을 둘러볼 때 그들의 앞선 문명에 다시 한 번 놀라게 된다.

이탈리아를 여행하며 많은 영감을 받고 훌륭한 작품을 만들어낸 유명 예술가들도 있다. 톨스토이, 괴테, 도스토옙스키, 바이런, 키이츠 등이 바로 그들이다. 필자는 서양문명의 역사가 숨 쉬는 이탈리아를 5년 만에 다시 왔지만, 기회가 있으면 다시 한 번 오고 싶은 나라다. 나폴리로 다시 온 후 크루즈에 승선한 후, 다음날 '에게 해의 흰 보석' 이라 불리는 그리스 미코노스 섬으로 향했다.

영원한 도시 로마의 나폴리(폼페이 화산에서 미이라)

역사가 살아
숨 쉬는 곳

크루즈는 이른 아침에 에게 해에 산재한 여러 섬 중 흰 보석이라 불리는 미코노스에 도착했다. 마을 전체가 백색의 건물로 덮여 있고, 바닷가로 아기자기하게 이어진 하얀 미로를 따라 걸어 다녔다. 골목 좌우에는 손으로 만든 토산품, 양장점, 관광 상품, 식당이 이어졌다. 지난 50년에 걸쳐서 세계에서 부유한 사람들이 오는 휴양지가 되다 보니 나이트클럽과 해산물을 파는 곳도 많았다. 출렁거리는 푸른 바다를 보며 따가운 햇볕이 내리쬐는 야외식당에서 싱싱한 해산물과 맥주를 마시며 즐겁게 지내며 담소를 나누었다.

섬을 출항한 크루즈는 동서양이 만나는 이스탄불로 떠났다. 저녁부터 날씨가 흐려지더니 비가 오면서 바람이 세차게 불기 시작하였다. 밤이 되니 더 엄청난 폭풍과 비, 강풍으로 커다란 큰 배가 앞뒤로 흔들거리기 시작하였다. 우리가 머무는 9층까지 파도가 창가를 때리는 밤이었다. 문이 배가 흔들거릴 때마다 저절로 열리고 닫히기도 하며 여행 가방과 짐들까지 이리저리 돌아다녔다. 아내는 뱃멀미로 고생하며 잠을 이루지 못했다. 창문을 통해 보이는 성난 바다와 흰 파도를 보고 이 무서운 시간이 무사히 지나기를 기도했다. 아침에 만난 우리 일행은 밤새 잠을 못 자고 뱃멀미로 힘든 시간을 보냈다고 말했다.

여행 중에 맞이한 일요일이기에 선상에서 아침 예배를 드렸다. 마침 이 배에서 함께 여행 중인 LA에서 사역하시는 목사님이 계셔서 그분의 인도로 주일 예배를 드렸다. 목사님은 설교에서 다음과 같이 설교하셨다.

"어젯밤 우리가 지나온 바다는 2000년 전 사도 바울이 배로 3차 선교여행을 항해했던 항로와 같습니다. 바울 사도가 목숨을 걸고 전도 여행을 했던 것처럼, 우리도 각자 인생을 순례의 길로 삼아 이웃을 위해 봉사하고 사랑을 실천합시다."

바울이 떠났던 3차 선교여행은 광풍 속에 에게 해를 지나 아드리아 해를 거쳐 이탈리아 남단 멜리데 섬을 거쳐 로마로 갔던 여행이었다. 전날 고생한 기억 속에서 그 말씀이 가슴에 와 닿았다.

크루즈가 향하는 터키는 지금은 변방나라처럼 보이지만, 터키의 전신인 오스만 제국은 콘스탄티노플을 점령하여 이스탄불로 이름을 바꾼 이후로 발칸반도와 흑해, 북아프리카 등 3개 대륙을 장악한 거대제국이었다. 우리가 도착한 이스탄불은 기독교 문명과 이슬람 문명이 보스포루스 해협의 소용돌이치는 물결처럼 뒤섞이는 곳이다.

그 중에서도 가장 큰 관심을 둔 곳은 소피아 성당이다. 이 성당은 비잔틴 제국의 전성기인 587년 유스티니아누스 대제가 완성한 그리스 정교회 성전이다. 한때 흔들렸던 로마 가톨릭을 대신하여 서구 정신의 요람으로 자리 잡기도 했던 이 성당은 이슬람 세력에 의해 이스탄불이 함락하기 직전까지 그리스 정교회의 중심 역할을 하였다. 2층에서 내려다본 소피아 성당은 한마디로 천상의 아름다움이었다.

그러고 나서 지난 수백 년간 이슬람교 중심사원으로 유명한 블루 모스크로 향했다. 관광객에게 무료로 개방하고 있지만, 들어가기 전 손과 얼굴을 물로 닦고 신발을 벗어서 입구에서 나누어 주는 비닐봉지에 담고 들어가야 하며, 여성은 머리에 수건을 써야 한다. 모스크 옆 히포드 광장은 동로마 시대에 마차 경기장이 있던 곳으로 유명하다.

이스탄불 박물관은 시대별, 종류별로 수많은 구역으로 나뉘어 많

역사의 도시 이스탄불의 에베소서

은 관광객이 줄을 서서 기다리며 관람하고 있었다. 유적과 유물을 자세히 살펴보려면 며칠이 걸릴 것 같았다. 이스탄불 중심가에서 이르러서야 자유 시간이 생겼다. 필자의 얼마 되지 않는 여행지 경험에서 보아도 이곳은 런던, 파리, 도쿄, 서울의 명동 거리처럼 서구화된 번화한 도시였다. 온종일 버스와 도보로 다니면서 한국인 교포가 운영하는 식당에서 늦은 점심을 맛있게 먹을 수 있었다.

다시 배로 돌아와서 고대 기원전부터 그리스 스파르타의 영향권이었고 알렉산더 대왕이 정복해 헬레니즘과 로마 시대 때도 번창했던 에베소서에 도착하였다. 이곳은 신약 성서에 나오는 아시아에 있는 일곱 교회 중 하나가 있던 도시다. 로마 제국의 외국 3대 도시의 하나였던 역사적인 도시다. 기독교에서 사도 바울과 함께 중요한 사람은 사도 요한이다. 두 사람 모두 에베소서에서 선교 활동을 하였고 두 사람 모두 성서를 썼으며, 사도 요한은 이곳에서 생을 마감하였다. 이곳에는 사도 요한의 묘가 있으며, 성모 마리아의 집과 교회도 있다.

며칠을 두고 관람하며 역사 공부할 것이 이렇게 많을 줄 몰랐다. 신전, 석상, 대극장, 목욕탕, 도서관, 학교에 역사가 살아 숨 쉬고 있는 것 같았다. 늦게야 배로 돌아와서 그리스 아테네로 향했다.

매혹시키는
신화의 도시

터키의 에베소서를 떠난 크루즈 배는 에게 해를 지나 그리스 아테네의 외항 피래아스 항구에 도착하였다. 그리스는 유럽 문화의 원류인 헬레니즘의 발생지다. 알렉산더가 유럽, 아시아, 아프리카 3개 대륙에 걸쳐 대제국을 건설함에 따라, 그리스 문화와 오리엔트 문화가 융합된 헬레니즘이 탄생했다. 그 후 로마와 흥망성쇠를 같이했다. 동방교회의 중심이 되기도 하였고, 1453년 오스만 튀르크에 정복당할 때까지 기독교 문화를 꽃피우기도 하였다.

역사상 여러 도시 국가가 있지만, 그 중 아테네는 세계에서 가장 찬란한 역사를 품은 도시다. 현재는 아름답고 매혹적인 그리스의 수도로 문명의 발상지이며 민주주의의 탄생지로 아리스토텔레스, 플라톤, 소크라테스가 활동한 지역이기도 하다.

현지 가이드는 아테네에서만 20년째 거주 중인 멋있는 중년의 한인 여성 교포였다. 버스를 타고 아테네 중심가를 지나며 귀로는 그리스와 아테네의 역사와 문화, 유적지에 대한 종합적인 설명을 듣고, 눈으로는 지나쳐가는 시내의 오렌지 나무와 올리브 나무가 숲을 이룬 아름다운 모습을 보는 데 참으로 즐거웠다. 도로 주변에도 오랜 유적과 부서진 조각이 잘 보존된 광경이 자주 눈에 띄었다.

처음 방문한 곳은 파르테논 신전이었다. 아크로폴리스 언덕 위에 우뚝 솟은 신전으로 가장 아름답고 웅장한 건축물이다. 지난 2500년간 서구건축의 모델이자 원형이 되어왔다. 가이드의 말에 의하면 1년에 1,900만 명의 관광객이 찾아온다고 한다. 올라가는 길바닥은 모두 돌로 만들어졌는데, 너무 많은 사람의 발길이 닿아서 미끄러울 정도였다.

힘들게 언덕 위에 오르니 장엄한 파르테논 신전이 보였다. 신전의 많은 중요 부문은 런던의 대영 박물관과 파리의 루브르 박물관에 소장되어 있다고 한다. 유네스코는 이곳을 세계 첫 번째 문화유산으로 지정했다. 신전 앞 높은 곳 너머에는 제우스 신전, 아크로 광장, 바울 사도가 논쟁하던 곳, 올림픽 언덕 등 수많은 유적이 보였다. 언덕에서 내려와 이들 유적을 본 후 시내를 다니며 고대와 현대가 어우

러진 역사를 음미했다. 이에 대한 느낌과 감상은 글로는 다 적을 수
없을 정도였다.

일행이 마지막으로 도착한 곳은 푸르디푸른 하늘과 반짝이며 넘
실대는 지중해의 고운 물결이 굽이치고 아름다운 중세의 다양한 건
축물과 다리가 있는 그 모든 것이 우리의 마음을 활짝 열게 하는 베
네치아였다. 크루즈가 도착한 포구에서 작은 배를 타고 도착한 성
마르코 광장은 베네치아 여행의 시작점이고 하이라이트였다.

광장 옆 성 마르코 성당은 약 천 년 전 성 마가의 시신을 보관하기
위해 세워진 곳으로 비잔틴과 로마네스크 건축양식이 혼재된 건물
로 유명하다. 광장 주변은 노천카페와 비둘기가 가득했다. 카사노
바, 렘브란트, 괴테와 같은 역사 속 인물이 밟은 땅을 우리도 같이
밟고 걸었다. 물의 도시 베네치아에는 대운하에 연결된 수많은 운하
가 있고, 그 위에 약 4백여 개의 다리가 있다. 다리 사이를 가로지르
는 곤돌라를 타면 뱃사공이 이탈리아 가곡을 불러주기도 한다.

이 도시에서 예정에도 없었던 하루를 더 머무르게 되었다. 항공사
의 조종사 파업 때문이었다. 항공사의 배려로 제공된 좋은 호텔에서
숙식은 물론 와인과 상품권을 받으며 베네치아의 육지 안쪽 시가지
의 오랜 모습을 더 볼 기회를 가질 수 있었다. 자전거를 타고 다니는
이탈리아의 아름답고 세련된 여인들, 도로 좌우편의 고풍 양식의 건
물과 여러 상가가 보였다.

그리스 아테네에서

함께 걷는 우리에게 피아노 소리가 들리기 시작했다. 성당 앞 광장에서 대형 그랜드 피아노를 연주하고 있었다. 지나가던 사람들이 하나둘 모이기 시작하더니 수십 명이 둘러싸인 가운데 피아노 연주가 계속되었다. 한 곡이 끝날 때마다 박수소리가 터져 나왔다. 중간에 연주자가 자신이 연주한 CD를 팔기에 크리스마스 캐럴을 구매했다. 연주자의 이름은 파올로(Paolo)이며, 그의 사인도 함께 받았다. 지난주부터 차에서 운전할 때마다 캐럴을 듣고 있다.

이번 주는 크리스마스 주간이다. 노래를 들을 때마다 지난 16일간 여행이 준 추억, 낭만, 역사, 우정, 인생, 부부사랑 등이 떠오른다. 누군가 "인생은 아름다워라"라고 했는데, 여행도 아름다운 것이라 생각한다.

제 4 부

살면서
한 번 더
생각나게
합니다

다시 수면 위로
떠오른 인종갈등

지금 미국은 '지머먼 재판'으로 뜨겁게 달아오르고 있다. 흑인 소년 트레이본 마틴(Trayvon Martin)을 총으로 죽인 백인 자경단원 조지 지머먼(Jeorge Jimmerman)이 무죄 판결을 받아 자유의 몸이 되었기 때문이다.

많은 흑인이 이 판결이 부당하고 억울하다고 인식하고 있다. 미국 사회에 뿌리 깊게 남아 있는 인종차별의 상처 때문이다. 지난 주말 이에 항의하는 시위가 애틀랜타를 비롯해 미 전역 100개 도시에서 일제히 열렸다.

트레이본 마틴은 17세 청소년이다. 그리고 흑인이다. 아무런 잘못도 없었다. 그러나 자기 동네에 모르는 사람이 나타나 생명의 위협을 느끼면 총으로 쏘는 것을 인정하는 플로리다 주의 정당방위법

(Stand Your ground) 때문에, 마틴을 쏴 죽인 지머먼은 정당방위로 무죄 석방되었다.

버락 오바마 대통령은 최초의 흑인 대통령으로서 비무장한 흑인을 살해에 무죄 판결이 내려진 것과 관련해, 흑인사회에 강한 인종적 유대감을 나타냈다.

"총격을 당한 마틴이 35년 전 나였을 수도 있다. 많은 흑인이 이번 사건으로 큰 고통을 느끼고 있다. 그러나 미국의 상황은 점점 나아지고 있으며 이번 무죄 판결을 계기로 우리 모두 자기성찰을 통해 긍정적인 교훈을 얻어야 하며, 또 다른 폭력이 일어난다면 이는 그의 죽음을 더럽히는 것이다."

필자는 애틀랜타 한인사회에서 봉사할 당시 디캡(Dekalb) 카운티의 커뮤니티 화합위원회(Community Relations Commission) 위원으로 일하면서 흑인과 멕시칸 주민과의 갈등문제 해결에 참여한 경험이 있다. 그 활동의 하나로 1년 동안 계속되는 디캡 리더십(Dakalb Leadership)이란 교육에 함께하였다. 교육을 받는 30여 명의 위원은 주 하원의원, 경찰서장, 대학교 학장, 변호사, 대기업의 임원 등 각 분야 지도자들이었다.

우리는 매달 다른 주제로 공부하던 중, 그 달의 주제로 인종간의 문제에 대해 토론했다. 흑인 위원들은 아침에 출근해서 집에 올 때까지 하루 평균 10번 이상 인종차별을 당한다고 말했다. 그러자 필자나 백인 위원들도 어찌 그런 일이 있을 수 있느냐고 믿지 않았다. 열띤 토론 중 쉬는 시간을 가졌는데, 다시 수업이 시작되자 한 흑인 위원이 화를 내며 말하기 시작했다.

그는 쉬는 시간에 전화할 일이 있어 학교 복도 중앙에서 일하는 비서 테이블에 갔다. 백인 비서는 백인에게는 물어보지도 않고 전화를 쓰도록 허락했지만, 흑인인 그가 공손히 "전화 좀 쓰겠다"고 하니 "No"라고 거절했다. 그래서 "왜 앞사람은 아무것도 묻지 않고 쓰게 하고, 나는 안 되느냐"고 물었다. 그러자 백인 비서는 더욱 강한 어조로 또 "안 된다"고 말하며 "저 복도 끝에 가면 공중전화가 있다"고 냉정하게 말했다.

화를 낸 그 위원은 박사 학위 소지자로 고등학교 교장이었고, 나중에 카운티 교육감이 되었다. 그때 백인 비서는 해고당하고, 그 학교 학장은 우리 모두에게 사과의 편지를 보내왔다.

또 한 번은 필자가 경영하는 사업체에 워델(Wardell)이라는 흑인 종업원이 있는데 하루는 백인들을 총으로 다 쏴죽이겠다고 화가 나서 난리를 치고 있었다. 자초지종을 물었더니 저녁에 배가 고파 근처 맥도날드에 들르자, 백인 경찰이 다가와 ID를 요구했다고 한다. 그는 ID는 가게에 있는데, 윗도리 주머니에 있다고 말했지만, 백인 경찰은 들은 체도 하지 않고 그를 경찰차에 태우고 ID를 확인한 후에야 풀어주었다. 이 종업원은 미시간 대학에서 농구선수로 활약하다가, 인종 편견이 덜하다는 이유로 애틀랜타에 온 학생이었다. 그의 분노는 하늘을 찌를 지경이었다. 그는 자신이 흑인이기에 설움을 당한다고 울분을 토했다.

1992년 LA에서 백인 경찰이 라드니 킹이란 흑인을 개처럼 때렸는데도 무죄 판결을 받았다. 그러자 4·29 폭동으로 번져 LA 한인타운은 약탈과 방화로 얼룩졌다. 이곳 애틀랜타도 마찬가지로 다운타운 흑인 대학가의 각종 한인 식품점, 주류 판매점이 폭도들에 의하여 부서지고 강탈당하였다.

흑인이 받는 인종차별은 우리와 무관한 일이 아니다. 사회 구성원 중 증오와 분노에 찬 집단이 있으면 그 사회는 불안하다. 우리는 타 인종을 차별 없이 대해야 한다. 사업하는 한인들도 고객을 차별 없이 대하고, 종업원 중 흑인이나 라틴계를 공정하게 대하는 지혜가 필요하다. 현존하는 미국 최고의 시인으로 존경받는 마야 안젤로(Maya Angelou)는 이 사건에 대하여 이렇게 썼다.

"우리가 앞으로 얼마나 먼 길을 가야 할지를 생각하게 한다. 총을 가진 한 젊은이가 흑인이라는 이유 때문에 의심을 받고 결국 총으로 쏴서 죽게 했다. 참으로 가슴 아프다."

성경에는 사람들을 차별하지 말고 외모로 판단하지 말라고 하였다. 올해는 마틴 루터 킹 목사의 'I have a dream' 연설 50주년이다. 킹 목사의 꿈이 실현되는 날이 조속히 오기를 기원한다.

넬슨 만델라를
추모하며

                                  지난 12월 5일 넬슨 만델라
가 95세에 세상을 떠났다. 만델라의 타계 소식이 전해진 후 세계 전
역에는 위대한 빛이 사라졌다며 애도의 물결이 일고 있다.

   그는 남아프리카 공화국을 지배하던 인종차별 정책을 종식하고,
흑인 주민의 시민권을 회복시켜 자유민주주의로 인도한 위대한 지
도자였다. 만델라는 아파르트헤이트(남아프리카 공화국의 극단적
인 인종차별정책과 제도) 정책 철폐투쟁을 하다가 27년간 감옥 생
활을 겪은 후 남아공 최초의 흑인 대통령으로 선출되었다. 그 후 남
아공은 아프리카 가운데 최고로 발전한 나라가 되었다.

반면 옆 나라 짐바브웨는 비슷한 시기에 흑인 무가베 대통령이 정권을 잡으면서, 사회주의를 선언하고 백인 농장주들을 몰아내고 농장을 국유화하였다. 그 이후 오랜 독재와 더불어 나라 경제를 이끌어 갈 준비가 전혀 없이 무조건 백인들을 몰아낸 짐바브웨는 현재 아프리카에서 가장 가난한 나라로 전락하고 말았다.

만델라가 과거를 청산하기 위해 만든 '진실과 화해 위원회'는 전 세계에 하나의 모델이 되어 용서와 화합의 참뜻을 깨닫게 해 주었다. 만델라는 그곳 감옥에서 복수의 칼을 가는 대신, 여러 해에 걸쳐 집필한 그의 자서전 〈자유를 향한 긴 여정〉Long Walk To Freedom)을 통해 몸소 깨달은 인간의 존엄성과 자유라는 숭고한 가치를 일깨워 주고 있다. 그는 힘에 의한 표면적인 좌절과 패배가 아무리 크더라도, 인간은 스스로 좌절하지 않는 한 패배자가 될 수 없고, 반드시 승자가 된다는 것을 보여 주었다.

만델라는 그 책에서 석방을 앞두고 감옥 텃밭에서 자라나는 토마토를 그대로 두고 떠나는 아쉬움을 이야기했다. 그는 분노로 말미암아 복수심에 불타던 자신의 마음을, 땅에서 자라나는 생명을 보면서 생명의 고귀함과 인간 사랑의 마음으로 바꿀 수 있었다고 고백했다. 그가 결국 석방되자, 일부 흑인 지도자들은 백인들에게 복수하라며 대통령으로 출마하기 원했다. 그러나 만델라는 남아공은 백인과 흑인이 공존하고 함께 발전해야 한다고 선언했다.

만델라는 어린 시절 감리교에서 세례를 받았고 감리교 미션스쿨을 다녔다. 그는 어린 시절 받은 신앙교육을 통해 예수님의 가르침을 새기고, 생명과 사랑의 고귀함을 훈련받았을 것이다.

남아공의 발전은, 원수를 사랑함으로 모두가 잘살게 되는 나라를 만들려고 노력한 만델라 대통령이 있어서 가능했다. 그는 책에 다음과 같이 썼다.

"나는 용기란 두려움이 없는 것이 아니라, 두려움을 극복하는 것임을 배웠다. 용감한 사람이란 두려움을 느끼지 않는 사람이 아니라, 그 두려움을 정복하는 사람이다."

올해는 마틴 루터 킹 목사가 "나는 꿈이 있습니다"(I have A dream) 연설을 한 지 50주년이다. 아무도 인종 차별이 없어지는 세상을 꿈꾸지 못할 때, 그는 꿈을 꾼 하나님의 사람이었다. 그 연설을 만델라는 감옥에서 들었다. 미국 흑인들의 인권 투쟁이 남아공 흑인들의 인권 투쟁에 힘이 되었고, 마틴 루터 킹 목사도 만델라에게 힘을 불어넣어 주었다.

미국의 역사를 바꾼 꿈의 사도가 있었고, 그의 이야기는 남아공 역사를 바꾼 만델라에게 꿈을 주었다. 킹 목사는 어떤 폭력이 난무하는 현장에서도 비폭력 투쟁으로 미국의 양심을 흔들었고, 미국 인종차별 철폐의 새 역사를 이루어 냈다.

지난 10일에 열린 만델라 추도식은 역사상 최대 규모였다. 미국에서도 현직 오바마 대통령과 전직 조지 부시, 빌 클린턴, 지미 카터 대통령이 참석했다.

이 세상은 혁명가나 독재자에 의하여 변화될 것인가, 아니면 예수의 제자에 의하여 변화될 것인가? 인류의 미래에 희망이 있는가? 필자는 킹 목사와 만델라와 같은 그리스도의 제자에 의하여 변화될 것으로 생각한다. 넬슨 만델라의 서거를 애도하며, 조국 한반도, 그리고 우리가 사는 미국에, 전 세계 인류가 사는 모든 곳에 사랑과 정의, 평화가 열리기를 기원한다.

세계 챔피언의 꿈은
이루어진다

이번 주부터 노동절 연휴
까지 미국 최고 권위의 테니스 대회인 US오픈 대회가 열린다. 올해
는 8월 26일부터 9월 9일까지 뉴욕의 빌리진 국립 테니스센터에서
US오픈 챔피언십이 열린다. US오픈은 윔블던 다음으로 전 세계에
서 역사가 오래된 대회로, 윔블던, 프랑스 오픈, 호주 오픈과 함께
테니스 그랜드슬램 경기 중 하나다. 4개 대회 중 총상금이 가장 많
은 대회로도 유명하다.

이 대회에는 전 세계에서 치열한 예선을 통과한 남녀 선수 128명
이 대결을 벌인다. US오픈은 1개 국가에서 선수 1명도 참가하지 못
하는 하늘의 별 따기와 같은 최고 권위의 대회다. 이제 한국 골프도

세계적 수준이 되어, 전 세계 유명 골프대회를 보면 한국에서 참가한 선수들이 종종 보인다. 그러나 US오픈에 출전한 한국인 선수는 아직 단 한 명도 없다.

여기 애틀랜타에서 태어나서 자란 한인 선수 그레이스 민(한국명 민은지)이 올해 당당히 US오픈 본선에 정식 출전했다. 올해 19세인 그레이스는 2011년 세계 US 주니어 여자단식 우승, 윔블던 주니어 세계 여자 복식 부문에서 우승한 바 있다. 지난해 프로 데뷔 준비를 시작한 이래, 올해 처음 정식 프로선수가 되었다. 올해 프랑스 대회에 출전한 후, 올해 US오픈에 도전했다. 이제 막 세계대회에 출전한 우리 한인들의 꿈나무다.

이처럼 자랑스러운 우리의 딸이 애틀랜타에서 자라난 이야기를 소개해본다. 많은 한인 부모들이 미국에 이민 와서 고생하면서도, 자녀만은 잘 자라 훌륭한 인물이 되기를 꿈꾼다. 그레이스 민의 부모도 마찬가지였다. 평소 테니스를 좋아하던 어머니 민점순 씨는 동네 테니스코트에서 딸 그레이스를 데리고 종종 테니스 연습을 하곤 했다.

그레이스가 7살 때 인생이 바뀌었다. 당시 어머니는 미국인 코치에게 테니스를 배우고 있었고, 그레이스는 벤치에 앉아 이를 지켜보고 있었다. 그런데 그 코치가 "너도 한 번 해보렴"이라고 권했다. 그레이스를 본 코치는 한눈에 그 재능을 알아봤다고 한다.

그레이스는 그 후 어려움을 극복하고 잘 자랐다. 부모가 일하러 나가서 집에 없으면, 그레이스는 학교에 다녀와 혼자 밥을 차려 먹고 동네 테니스코트에 나가 연습했다. 오죽하면 이웃집 미국인 부인이 그레이스 부모에게 이렇게 더운 여름엔 집에 가만히 있어도 더운데, 어린아이가 혼자서 학교만 다녀오면 테니스코트에 나가 연습한다고 감탄했다고 한다.

그레이스의 아버지 민희봉 씨는 일찍이 딸의 재능을 발견한 후, 부인과 함께 딸의 장래를 위해 헌신적으로 봉사했다. 그레이스가 한창나이인 14~18세 때는 미국 테니스 훈련센터가 있는 마이애미 보키리틀에서 기숙사 생활을 하며 4년간을 보냈다. 군대생활과 같은 4년간 합숙생활을 보내며, 학교성적도 올 A로 졸업했다.

그때 어머니는 훈련센터에서 딸과 함께 머물며 헌신적으로 뒷바라지를 했다. 딸이 시합에 나갈 때는 성경 구절을 골라 시합에서 흔들리지 않도록 암송하도록 했다. 딸은 아버지의 말씀에 따라 힘을 주는 성경 말씀을 외우고, 아버지의 기도로 자랐다. 그레이스는 지난해 프로로 전향하면서 콜로라도 주에 있는 미국 선수촌에서 종합신체검사를 받았다. 그런데 미국 선수들과 비교하면 키만 조금 작을 뿐, 온몸 구석구석이 미국 선수보다 건강하고 강했다고 한다. 이는 7살 때부터 열심히 단련했기에 나온 결과다.

그레이스는 세계 테니스 챔피언을 꿈꾼다. 그리고 본인 이름을 붙인 재단을 만들어 전 세계적으로 선교할 꿈도 갖고 있다. 필자는 그레이스의 아버지 민희봉 씨도 잘 안다. 30년 전부터 알고 지냈지만 얼마나 겸손하고 입이 무거운지, 이렇게 자랑스러운 딸이 있어도 누구에게 자랑하며 말하지 않는다. 민희봉 씨는 자녀교육에 대해 확고한 교육관이 있다.

"자녀교육에는 여러 가지 방법이 있다. 그러나 어느 분야건 재능이 있다면 스스로 동기부여를 갖게 하고 자라게 해야 한다."

6·25 전쟁 고아로 미국에 입양돼 워싱턴 주 상원의원이 된 신호범 의원이 애틀랜타 한인 2세, 3세들에게 늘 하던 말씀이 있다.

"흑인인 오바마가 대통령으로 당선되었다. 이제 30년 안에 한국계 미국 대통령이 탄생할 것이다. 꿈과 희망을 품어라."

조국 대한민국이 한강의 기적을 이뤄낸 것처럼 우리 한인 2세, 3세들도 미국사회 각 분야에서 두각을 나타낼 수 있도록 우리 1세들이 함께해야 할 것이다.

지난 27일 US오픈 경기에서 그레이스 민은 본선 1회전에서 아쉽게도 패해 탈락했다. 그러나 그레이스는 이제 19세의 창창한 나이다. 시작일 뿐이다. 한인 최초로 US오픈에 참가한 것만으로도 애틀랜타 한인들의 쾌거다. 세계 챔피언이 되겠다는 그레이스의 꿈이 앞으로 이뤄지길 기원한다.

프란치스코 교황이
가르친 것

필자는 최근 성탄절을 맞이해 교회에서 성탄전야 칸타타 촛불 예배를 드리고 왔다. 크리스마스 캐럴을 중심으로 어린이와 성인들로 구성된 연합 성가대, 오케스트라와 함께 캔들라이트 캐럴을 불렀다. '고요한 밤 거룩한 밤' 노래를 부르며 양초에 불을 붙였다. 예수 그리스도의 빛이 우리 가운데 계심을 노래하며 '기쁘다 구주 오셨네'도 불렀다.

이제 2013년을 꼭 1주일 남겨놓고 있다. 전쟁과 자연재해, 경제적 어려움 등이 함께한 올해가 지나기 전, 시사주간지 타임스지에서는 '올해의 인물'로 프란치스코 교황을 선정했다. 아르헨티나 부에노스아이레스 대주교 출신인 프란치스코 교황은 지난 3월 교황으로 선출되었다. 타임스지의 선정 이유는 다음과 같다.

"프란시스코 교황이 겸손한 자세로 치유의 교회 실현에 앞장서며, 변화의 물결에 동참해 새로운 천주교 수장의 모습을 보여주고 있다."

프란치스코 교황의 정체성은 그의 교황 즉위명인 프란치스코라는 이름에서도 알 수 있다. 프란치스코는 '빈자의 성자'라고 불리던 이탈리아 아씨시 성자의 이름이다. 이탈리아 아씨시에서 태어나 죽은 성 프란치스코는 가난을 모토로 하는 수도회를 설립하고, 평생을 병자와 가난한 사람을 위해 헌신하였다. 이런 프란치스코라는 즉위명을 선택한 교황 프란치스코의 행보는 기대 그 이상이었다.

1282년 만에 비유럽권 교황의 탄생도 놀랍지만, 가난하고 소외된 사람 편에 서겠다는 분이 교황이 된 것이 더욱 놀랍다. 그 이유는 성 프란시스코가 청빈을 사랑했고, 개혁을 도모한다는 두 가지 사실을 확실히 보여주었기 때문이다.

그는 지극히 정치적이고 기득권을 선호하며 보수화되어 있는 교회를 향해 기득권을 내버리고 가난한 사람의 목소리를 들어야 한다고 설교하였다. 즉 사회의 약자를 도와주어야 한다는 것이다. 또한, 사회의 부조리를 개혁하고 고려해 나가는 데 교회가 앞장서야 한다고 말한다. 자본주의의 약점에 대해서도 교회가 말해야 한다는 것이다.

그는 부에노스아이레스의 대주교일 때 아름다운 대주교 관저에 거주하지 않고, 주교관 2층에 있는 작은 아파트에서 살았다. 전용 요리사가 있는데도 요리사를 두지 않고 직접 요리하는 것을 좋아했다. 대주교는 운전기사를 두지 않고 시내버스를 타거나 지하철을 탔으며, 대주교의 옷을 입지 않고 단순한 검은색 사제복을 입고 신문을 보거나, 대중교통으로 출근하는 서민과 함께 다녀 이 소문이 삽시간에 도시 전체로 퍼졌다. 추기경이 되어서도 겸손한 본당 신부처럼 항상 낮은 자리에 있는 사람들과 함께하였다.

AP통신 보도에 따르면, 그가 교황으로 선출된 후 부에노스아이레스에서 사는 가난한 사람들은 빈민가에서 교황이 탄생했다는 데 대해 자랑스럽게 생각했다. 그가 아파트에 살며 버스를 타고 다니는 것은 겸손과 봉사의 실천이었다. 또한, 그는 개신교, 가톨릭, 그리스정교회 등이 하나로 뭉치는 '에큐메니칼 운동'이 우선시 되어야 한다고 강조했다. 이 땅에 새 교황이 평화의 사도로, 그리스도의 대사로 하나님의 빛을 발하기를 기대한다.

지금은 1년 중 한 번이나마 이웃을 생각하고, 나의 것을 나누어주며, 서로를 귀히 여기는 때다. 한 해가 저무는 이때, 온 세상과 떠나온 조국과 현재 사는 미국, 특히 애틀랜타 한인사회에 프란치스코 교황과 하나님의 사랑이 함께하기를 기도한다.

빼앗긴 의궤를 돌려받은
멋진 외교관

필자가 강연한 애틀랜타 기독실업인회는 매달 정기모임을 가진다. 이달 모임에는 애틀랜타 최초의 여성 외교관인 유복렬 부총영사가 강연했다. 그는 애틀랜타 교포사회에서 어디든지 달려가는 적극적이면서 활달한 성격의 소유자다. 지난해 연말 어느 모임에서 회원들과 함께 구김살 없이 우아한 복장으로 라인댄스를 추며 교포들과 함께 어울리던 모습이 떠오른다. 애틀랜타에 부임한 지 벌써 1년 3개월이 되었는데, 남동부 6개 주를 직접 자동차로 다니는 부지런한 사람이다.

유 부총영사는 프랑스에서 문학박사 학위를 받고 한국의 여러 대학에서 강의하다, 국제관계 전문가 공채시험에 합격해 외교관의 세계에 뛰어들었다. 1998년부터 10년간 대한민국 대통령의 프랑스어

통역을 맡았을 정도로 뛰어난 프랑스어 실력과 프랑스 문화의 깊은 이해를 갖추고 있다. 사람 만나기를 좋아하고 수다 떨기도 좋아하는 두 아이의 엄마이기도 하다. 그는 이번 세월호 참사를 애통해하고 희생자, 특히 어린 학생들의 죽음을 가슴 아파하며 이런 고귀한 희생으로 대한민국이 새롭게 발전할 것으로 생각한다고 강연을 시작하였다. 그가 1997년 외교통상부에 처음 부임했을 때는 여성이 거의 없는 금녀의 직장이었는데, 지금은 새로 입부하는 외교부 직원 60%가 여성이다. 한국은 요즈음 여러 분야에서 여성들이 많이 진출해 한국의 발전을 이루어 내고 있다고 했다.

그는 특히 프랑스 근무 당시 자신이 직접 담당했던 외규장각 의궤 반환협상의 실무협의에 대해 소개했다. 1866년 초 흥선대원군이 천주교 탄압 정책을 펼쳐 8,000여 명에 달하는 천주교도가 처형되는 병인박해가 발생했다. 당시 조선에는 프랑스 신부 12명이 가톨릭 포교활동을 하고 있었는데, 그중 9명이 조선의 천주교도들과 함께 처형을 당했다. 이에 대한 보복으로 프랑스 극동 함대가 강화도를 침공하여 관아에 불을 지르고 은괴를 비롯한 값진 물건을 닥치는 대로 약탈하였고, 그 와중에 외규장각에 있던 의궤가 프랑스 함대에 의해 탈취되어 프랑스 국립도서관에 소장되어 있었다.

그는 외교관으로서 이를 반환하는 협상에 온 힘을 다하면서 온갖 희망과 좌절을 겪었다. 드디어 145년의 유랑과 20년의 협상 끝에 외규장각 의궤는 2011년 한국으로 돌아왔다. 그는 당시 실무자로서 반복되는 좌절과 위기들, 그런 가운데 만났던 여러 사람과의 인연에 대해 이야기하였다. 종종 외교관이 화려한 직업으로 인식되곤 하지만, 국익을 위하여 임지를 일정 기간 근무하다 떠나곤 한다. 그래서 그는 자신이 쓴 책 〈돌아온 외규장각 의궤와 외교관 이야기〉 중 마지막 페이지에 있는 글을 인용하며, 다음과 같이 말하였다.

"이번에는 어떤 곳이 어떤 사람들과 함께 기다리고 있을까. 나는 안다. 그 무엇도 기다리지 않는 사실을. 내가 그들을 찾아내는 것이다. 새로운 환경, 새로운 사람들, 그들은 숨겨진 보물 상자와도 같다. 내가 찾아내지 않으면 만날 수 없다. 막연한 기대와 설렘을 안고 나는 다시 길을 떠난다. 이 여정의 끝은 어디일까. 숨차게 달려온 호흡을 고르면서 자문해 본다."

그는 마지막으로 애틀랜타 모든 교민과 교감할 수 있는 시간이 있기를 바란다. 오늘 여기에서 뵙게 된 모든 분이 숨겨진 보물 상자에 담긴 분이라는 말로 강의를 마쳤다. 송권식 애틀랜타 기독실업인회 회장은 이처럼 훌륭한 외교관이 애틀랜타에서 근무하고 있음을 치하한 후 참석자 모두 기립하여 열광적으로 크게 손뼉을 쳤다. 필자 역시 애틀랜타에 여성으로 처음으로 이렇게 멋있고 자랑스러운 유복렬 부총영사가 교민들 곁에 있는 것에 감사하고, 앞으로 고국을 위한 외교관으로 계속 건강하게 지내며 국위 선양에 힘써주기를 바란다.

행복을 향한
한 천재의 선택

         최근 한국 TV를 보니 한 중년 남자가 최불암 씨와 토크쇼를 하고 있었다. 알고 보니 그 남자는 1960년대 한국에서 유명했던 천재 소년 김웅용이었다. 그는 4세 때 한복을 입고 TV에 나와 칠판에 수학 미분과 적분을 풀며 천재성을 나타냈다. 6세 때 일본 후지 TV에 출연하여 5개 국어로 시를 낭송하고, 아이큐가 210 이상으로 나타나 사람들을 놀라게 하였다. 그 후 9살에 콜로라도 대학 물리학과에 입학하고, 13세에 NASA 선임 연구원으로 일했다.

 김웅용 씨는 그 후 자신의 인생을 소개했다. 그는 어린 나이부터 언론을 통해 세상에 노출되고, 부모님의 지나친 기대로 어린 나이에

응석도 부리지 못하고 친구도 없이 살았다. 더군다나 낯선 미국 땅에서 어른들 속에서 지내다 보니 밀려오는 향수와 자기 자신에 대한 자아를 찾지 못하여 한국에 돌아왔다.

그런데 부모는 우리 집안과 조국을 위해 더욱 공부하고 세상을 놀라게 해야 한다며 야단을 치고, 아들을 다시 NASA로 돌려보냈다. 그는 당시 어릴 적을 기억하며 안경을 벗고 눈물을 닦았다. 사회를 보던 최불암 씨도 눈물을 글썽거렸다.

그 후 그는 17세에 조용히 귀국하여 잃어버린 청춘을 찾고자 아무런 연고가 없는 서울에서 가까운 청주로 내려가 검정고시를 거쳐 충북대학교에 입학하였다. 많은 동아리 모임이 있었지만, 고등학교를 졸업하지 못했기에 가까운 친구들이 졸업한 강원도 원주고등학교의 명예졸업생 자격으로 동창회에 가입했고, 모임을 통해 친구를 사귀어 우정을 맛보았다고 하였다. 그는 일부러 지방대학을 졸업하고 현재 충북개발공사에서 일하며 지방대 교수로 지낸다.

그는 그동안 세간의 관심과 부모님의 기대 속에서 잃어버린 시간을 찾고자 부단한 노력을 하였다. 지극히 평범한 생활 속에 자기를 이해하는 아내와 자녀와 함께 지내는 것에 행복을 느꼈다고 한다. 자식에 대한 바람에 대해 아이들이 좋아하고 원하는 것을 존중하고 도와주는 것에 큰 의의를 느끼고, 너무 높은 나무에 오르는 것은 바라지 않는다고 말했다.

한국에서는 세월호 참사 한 달 만에 박근혜 대통령이 대국민 담화를 통해 눈물을 흘리며 국가를 대개조하겠다고 약속했다. 그러나 변한 것은 아무것도 없다. 세월호 특별법 입법도 정쟁에 갇혀 있고, 해양 경찰청 해체를 골자로 하는 정부조직 개편안도, 관피아 해결도 이뤄졌다는 소식을 듣지 못했다. 이 모든 사태의 원인인 유병언 세모그룹회장은 수십 개의 사업체를 경영하며 거액의 검은돈을 모으고, 금수원 구원파의 교주로 화려하게 살고 싶어 너무 높은 나무에 오르려 했다. 그는 탐욕으로 어린 학생 수백 명의 생명을 앗아가고, 결국 높은 나무에서 떨어져 백골만 남기고 세상을 떠났다.

노자의 도덕경 67장에는 세 가지 보물로 '자애함, 검소함, 겸허함'을 꼽았는데, '아유삼보'라는 이야기가 있다.

첫째, 자애로움은 어머니가 자식에게 품는 마음으로, 자애로움은 용기를 갖게 된다.

둘째, 검소함은 검소하여 절약하면 남는 것이 많아져 그 여유로움에서 함께 나눌 수 있다.

셋째, 겸허함은 뒤에 머무는 자유다. 남과 지나친 경쟁, 나를 내세우느라고 싸우고, 내 의견이 옳다고 주장하느라 에너지를 쓸데없이 낭비하는 사람에게 약과 같은 말씀이다.

내가 앞에 나서려고 야단치지 않고 남을 자애로 대하면서 나누다 보면 사람들이 내가 앞에 나서주기를 바라고 있다는 역설적인 교훈이다.

성경에도 "너는 초대를 받거든 오히려 맨 끝자리에 가서 앉아라. 그러면 너를 초대한 사람이 와서 '여보게, 저 윗자리로 올라가게' 하고 말할 것이다. 그러면 다른 사람들의 눈에 당신은 영예롭게 보일 것이다. 누구든지 자기를 높이는 사람은 낮아지고 자기를 낮추는 사람은 높아질 것이다"라고 말씀하고 있다.

이러한 가르침은 한국에서나 이민생활에서나 남과 아름다운 관계를 형성하며 힘을 갖추게 해 주는 지혜다. 각자 자신의 처지와 위치에서 한 번뿐인 남은 인생을 나보다 남을 배려하고 살다가 가야 할 것으로 생각한다.

아름답게
나이 먹기

한국을 떠나온 지 벌써 35년이 넘었다. 미국에서 보낸 삶이 한국에서 보낸 삶보다 길어졌다. 30대에 애틀랜타에서 시작한 이민생활이 이제 70대로 들어서고 있다.

최근 애틀랜타 한인사회에 헌신한 분들과 이민교회의 리더들이 모인 '한마음'이라는 친목모임에 참석하고 있다. 30여 명의 회원 중 80살이 넘은 사람들이 상당수였고, 나머지는 70대 회원들이 대부분이었다. 그러다 보니 내 나이가 70이 넘었는데도 나이가 어린 축에 속한다.

우리는 대학에서 노인학을 전공하고 현재 미션 호스피스의 감독을 맡은 조요한 선생을 초청해 아름다운 노년의 삶과 행복한 마무리에 대한 강의를 들었다. 필자가 이 모임의 회장을 맡고 있다 보니 강사 소개와 더불어, 지금은 돌아가신 애틀랜타 한인사회 봉사자들을 소개할 기회가 있었다. 의사였던 장병건 장로, 박성용, 지형석 목사, 손광석, 김용겸 전 노인회장, 김광현 전 한인회장, 이원석 전 안전대책 위원장 등 올드 타이머들은 누구나 아는 사람들이다.

"우리 곁에 계셨던 이분들이 돌아가신 것처럼 죽음은 바로 우리에게 닥친 일입니다"라고 말했더니 모두 숙연하였다. 내 주변에도 치매로, 불치병으로 고생하는 분들이 한둘이 아니다. 이제는 결혼식에 가는 횟수보다 장례식에 가는 횟수가 더 많아지는 것 같다.

필자가 출석하는 애틀랜타 한인교회에 최근 세대별 나이에 대한 통계가 나왔는데, 60대 이상 노인이 전 교인의 24%를 차지했다. 한 교회의 통계자료지만, 이제는 애틀랜타 한인사회도 노령화, 장수시대로 접어들었다고 할 수 있다. 청소년 세대가 중요한 것은 말할 것도 없지만, 이제 애틀랜타 한인사회도 노령화 사회에 대비해야 할 때가 됐다.

현재 애틀랜타 한인교회에서는 '아름다운 황혼교실'이라는 주제로 행복한 삶과 마무리를 소개하는 프로그램을 운영 중이다. 그런가 하면 애틀랜타 연합장로교회에서는 시니어들을 위한 10주간 '생수의 강'이라는 주제로 영성훈련, 웰다잉 프로그램을 진행하고 있다. 필자 역시 이 강의를 듣고 있는데, 애틀랜타 한인회 1대 패밀리센터

소장을 역임한 김재홍 목사가 수고하고 있다.

이 자리에서 시니어들의 영적인 각성은 물론이고 아름다운 인생 여정을 위한 실질적 준비과정을 배우고 있다. 특히 치매와 시니어 라이프, 암에 대한 지식, 손자 양육하기, 정신건강과 시니어 우울증, 사전의료 의향서, 죽음을 맞이하는 준비, 유언장 쓰기, 정신적 평안, 시니어 커뮤니티 봉사 등의 교육과정을 이수하고 있다.

교육 과정에서 좋은 글도 많이 읽었다. 그중 로마시대 정치가인 키케로의 글을 한 대목 인용해본다.

"소크라테스가 노년에 현악기를 배우는 데 열심이라는 말을 듣고 나도 그렇게 하였다. 또한, 그리스 어도 열심히 배웠다. 노화에 따르는 것 중 가장 나쁜 것은 육체가 쇠약해지는 것이 아니라, 정신이 무관심하게 되는 것이다. 그동안의 인생은 단지 혼자 잘 살기 위한 것이었지만, 이제부터는 남의 유익을 위해 죽음에 이르기까지 삶을 살수 있어야 한다."

그밖에 미션 호스피스의 반혜진 원장, 앨라배마 대학 노인학과 노형진 교수 등에게 귀한 이야기를 들었다. 이러한 전문적 강의는 한 두 개 앞서 가는 교회에 머무르지 않고, 한인회와 노인회가 더불어 애틀랜타 한인사회에 널리 알려야 한다고 본다. 이러한 프로그램이 각 교회 시니어 사역이나 단체, 일반에 이르기까지 퍼져 나가 아름다운 애틀랜타 시니어들이 풍성한 삶을 살아가길 기원한다.

영원히 젊게
살려면

지난여름 노동절 연휴에 지역신문 애틀랜타 저널(AJC)에서 주최하는 도서축제(Book Festivals)에 다녀온 적이 있었다. 이 축제는 미국에서 단일 도서축제로는 제일 큰 규모라고 한다. 교통을 통제한 거리에서 수십에서 수백 개 부스를 설치하고 베스트셀러 저자들이 책을 전시하고 팔기도 하였다. 그 중에는 애틀랜타에 있는 대학도 많았다.

그중 에모리 대학은 큰 텐트를 치고 학교를 홍보하는 데 열심이었는데, 필자는 거기서 '에모리 평생교육원'(Emory Continuing Education)이라는 안내책자를 얻었다. 내용을 보니 9월부터 성공적인 은퇴 생활, 셰익스피어, 스페인 어, 프랑스 어, 이슬람의 역사, 중국 철학, 컴퓨터그래픽, 포토샵, 소설 쓰기 등 수십 개의 강좌를 개강한다는 것이다. 필자는 가을이 되면서 영어를 더 공부하고 싶다는 생각에 단편소설 클래스를 수강하기로 했다. 오픈 시기에 갔는데도 수업 정원인 30명이 벌써 차서 겨우 등록할 수 있었다.

필자는 낸시라는 미국 문학 교수의 가르침을 받게 되었다. 교재는 작년에 노벨 문학상을 받은 작가 앨리스 먼로의 〈디어 라이프〉(Dear Life)라는 책이었다.

총 10편의 단편소설과 4편의 자전적 이야기로 구성된 책인데, 이 책으로 노벨상을 탈 때 저자는 82세의 여성이었다고 한다. 대부분의 장편 소설 작가들이 평생에 이룩하는 작품처럼, 그녀의 작품은 단편이지만 깊이와 지혜, 정밀성을 매 작품 성취해 냈다. 먼로의 언어는 굉장히 정제되어 있다. 단순하고 직설적이며 극적이지 않다.

먼로는 단편소설의 거장이면서 인간존재의 대가다. 먼로의 작품은 종종 캐나다 토론토와 휴런호 사이 온타리오 주의 어느 시골 마을을 배경으로 하는데, 그녀가 필요한 모든 것이 거기에 있었다. 그 작은 땅에서 살아가는 소설 속 주인공들은 평범한 중산층 시민이었다. 그녀가 다루는 것은 사람, 사람, 사람이었다. 미국의 어느 한 비평가는 "그녀는 세계적인 단편작가 안톤 체호프이며 인간에 대한 따뜻한 애정을 지녔다는 점에서, 우리 시대 대부분 작가보다 오래 읽힐 작가"라고 극찬하였다.

낸시 교수는 학생들에게 매주 숙제를 내주었다. 언제나 다음 주에 공부할 작품을 알려주고 선정된 작품을 미리 읽고, 줄거리 요약과 주인공, 구성, 작가가 의도하는 것 등을 강의 시간에 발표하고 토론 하게 했다. 여자 수강생이 남자보다 많은데 나이가 대부분 60~70대 이다. 특히 여학생들이 손을 많이 들고 자기 의견을 거침없이 발표 하고 작품을 평가했다.

내 옆에 앉은 학생은 머서 대학에서 철학을 30년 이상 강의하다 은퇴한 사람으로, 몸이 아픈 남편을 간호하다 낮에 몇 시간만 가정 부를 두고 수업에 나온다고 한다. 70세가 넘었는데도 얼굴이 밝고 생기가 넘친다. 매주 만날 때마다 친절한데, 젊었을 때는 아주 미인 이었을 것이다. 그녀는 강의가 끝나자마자 이슬람 역사를 배우러 다 른 강의실로 간다. 중동문제를 더 이해하고 싶어서 선택했다고 한 다. 대단한 열정이다. 또한, 자신의 인생을 돌아보고 가족과 살면서 생각한 것을 단편소설로 쓰고 싶어 이번 강의를 택하였고, 정신건강 을 위해서도 계속 공부할 생각이라고 한다.

최근 '호모 헌드레드'(Homo Hundred)라는 신조어가 유행이 다. 인간 수명 100세 시대를 살아가는 신인류를 지칭하는 말이다. 과거에는 직장에 근무하다가 퇴직하면 은퇴생활을 하면서 삶을 정리하면 되었는데, 이제는 100세까지 수명이 늘어나 무언가 할 일을 찾아야 하는 상황이 되었다고 한다. 그 중에서도 공부해야 한다는 것이다.

　나이 들어 공부를 계속하기란 쉽지 않은 일이다. 그럼에도 시간을 내서 공부해야 하는 이유가 있다. 셰익스피어는 이처럼 말했다.

　"평생 학생으로 남아 있어라. 배움을 포기하는 순간 우리는 폭삭 늙을 것이다. 영원한 젊음을 얻는 방법은 공부다."

　우연한 기회에 필자도 또 다른 공부를 시작하게 되었다. 영어 공부도 되고, 매주 숙제를 하면서 긴장감을 늦추지 않게 되어 삶에 활력이 넘친다. 또한, 강의실에서 만나게 될 동년배와 어울리면서 삶이 더 풍요로워졌다. 품위 있고 배움을 통해 알게 된 다정한 시니어들을 만나 지난주 서로 지낸 이야기를 하다 보면 생활의 활력이 넘쳐 일주일이 즐거워진다.

따듯한 사랑의
실천

애틀랜타에서 지금의 도넛 가게를 경영한 지 올해로 30년이나 된다. 필자는 이른 새벽 동네 체육관에서 운동한 다음, 가게로 출근해 창가에 앉아 커피를 마시며 신문을 읽는 것으로 하루를 시작한다. 창문을 통하여 주변을 보면 걸어 다니는 사람, 뛰며 운동하는 사람, 자동차를 주차하고 가게로 들어오고 나가는 모습 등을 보게 된다. 마치 스크린에 비친 살아 숨 쉬는 영화를 보는 것과 같다.

작년에는 이런 모습을 보았다. 50대 중반의 흑인이 가방을 메고 버스에서 내려서 가게 앞으로 걸어오더니, 주차장에서 좌우를 돌아보다가 담배꽁초를 집어 주머니에 넣고 또 다른 곳에서 떨어진 꽁초를 줍곤 하였다. 얼마나 가난하면 담배를 길에 떨어진 것을 주워서 피울까 하고 생각했다. 그래서 한번은 담배 두 갑을 사고는 그가 내리는 가게 앞 정거장에 가서 버스가 도착하길 기다렸다. 마침내 버스에서 내린 그를 보고 가게 밖으로 나가 만나 보았다.

"나는 여기 가게의 주인인데 당신은 이름이 무엇이고 어디에서 일합니까?"

"제 이름은 버논이고 피카디리라는 식당에서 접시 닦는 일을 25년 동안 하고 있답니다."

결혼했느냐고 물었더니 임금이 최저 임금 수준이라서 혼자 살기도 어려워 결혼은 꿈도 못 꾼다고 말했다. 자동차도 없어서 버스를 타고 다닌다고 한다. 그리고 여기서부터 일하는 식당까지는 버스가 다니지 않아서 다시 2마일을 걸어가야 한다고 한다. 담배 두 갑을 주었더니 그는 머뭇거리다가 담배를 받고서는 고맙다고 하였다.

그동안 멀리서 버논이 지나는 것을 보았는데, 새해를 맞이해 가게 앞을 지나는 것을 보고 밖에 나가 "해피 뉴 이어"(Happy New Year)라고 인사한 후 다음 주 화요일에 만나자고 하였다. 작년처럼 담배 두 갑과 '올해에는 더욱 건강하고 행복한 해가 되기 바란다'라는 새해 카드를 준비하였다.

그날은 올해 들어서 가장 추운 날씨였다. 기다리던 버스가 도착하니 그가 가게 앞으로 걸어왔다. 밖에 나가 "버논!"하고 그의 이름을 부르고 추우니 가게 안으로 들어오라고 하였다. 우선 따뜻한 커피를 권하고 맛있는 샌드위치를 주며 봉투에 담배와 카드를 넣은 것을 주었다. 그는 아주 크게 웃으며 고맙다고 하였다. 오늘은 너무 추우니 버논이 일하는 식당까지 함께 가자며 차에 태웠다.

필자는 36년 전 애틀랜타에서 처음 일할 때 시간당 최저임금 2.50달러를 받았다. 지금은 시간당 7.25달러다. 현재 미국 전역에서 최저 임금 인상 바람이 거세다. 지난해 패스트푸드 체인점 종업원이 최저 임금 인상을 요구하며 애틀랜타, LA, 뉴욕 등 100개 도시에서 시위를 벌였다. 시위자들은 시간당 7.25달러로는 살 수가 없다고 강력히 주장하고 있다.

세계에서 가장 부유하다는 미국에서 아무리 열심히 일해도 교육받을 기회가 부족하고 주변 사정으로 말미암아 가난을 벗어나지 못하는 빈곤층을 가까이에서 볼 수 있다. 이는 국가나 주 정부에서도 해결하지 못하는 사회적 문제다. 가난은 물질적인 가난도 있지만, 정신적인 가난도 있다고 본다.

당대에 함께 살았던 마더 테레사가 한 말이 생각난다. 그는 사랑이란 무엇이냐는 질문에 그것은 언제나 행동에 있다고 대답했다. 그리고 가난한 사람이 왜 있느냐는 질문에서 우리가 나누지 않기 때문이라고 했다. 그는 자신들이 하는 일을 큰 바닷속의 물방울과 같다고 말해 왔다.

"우리가 하는 일은 넓은 바다의 물 한 방울에 지나지 않습니다. 그러나 우리가 그 일을 하지 않으면 바닷물은 그 한 방울만큼 모자랄 것입니다. 우리에게 중요한 것은 한 개인입니다."

그녀는 런던의 빈민가 아파트에 사는 한 여성의 이야기를 들려주었다. 이 여인에게는 친척도 없는지 아무도 찾아주는 사람이 없었다. 이 여인은 자신도 편지를 받아보고 싶어서, 자신 앞으로 편지를 써서 우체통에 집어넣곤 했다.

또한, 그녀는 자신과 사랑의 선교회는 '하나님의 도구에 지나지 않는 하나님 손에 쥐어진 몽당연필' 이라고 말하였다. 마더 테레사는 또 이렇게 말했다.

"가난한 사람은 거룩한 사람입니다. 우리는 그들을 사랑해야 합니다. 그러나 그들을 불쌍히 여겨 사랑하는 것이 아닙니다. 그들은 가난한 사람의 비참한 모습을 취하신 예수님이기에 그들을 사랑해야 합니다. 그들은 우리의 형제요 자매요 우리의 동포입니다. 가난한 사람은 빵과 밥에 굶주리고 사랑에 굶주리고 생명의 말씀에 굶주리고 있으며 부드러운 손길과 따듯한 미소를 찾고 있습니다."

2014년 한해가 시작하는 1월, 작은 사랑을 실천하고자 가난해서 담배꽁초를 주워서 피우는 버논에게 큰 웃음을 주었을까를 생각해 본다.

시간을
정복한 남자

애틀랜타 한인타운에서 오랜 기간 한인문화와 정서 생활에 크게 이바지한 교보문고 서점이 지난해 말 문을 닫았다. 필자도 한 달에 한두 번 들르던 곳이었다. 신간은 제목만 보아도, 가끔 목차를 읽어만 보아도 마음의 양식이 되는 것 같았다. 그러다 보면 매달 몇 권의 책을 구매하기도 했고, 책방의 여주인을 알게 되고 인사도 나누고 이야기하게 되었다.

책방 주인은 그림을 그리는 분이었다. 처음에 가게를 열었을 때는 책의 머리말만 읽어도 좋고, 한가한 시간에 그림을 그릴 수도 있기에 즐거운 비즈니스라고 말했다. 그런데 최근 몇 년은 안색이 좋지 않았다. 알고 보니 매상이 점점 떨어져 임대료를 내기도 어려워 책방 문을 닫을 수밖에 없다고 말했다. 애틀랜타 한인인구는 계속 증가했지만, 인터넷으로 책을 구매하는 사람도 있고, 책을 읽는 사람들이 매년 줄어들어 문을 닫는다고 했다. 서글픈 일이 아닐 수 없다.

책방 문을 닫기 전 몇 달 동안 모든 책과 기타 품목을 반액으로 할인 판매했다. 그때 그 주인에게 더 좋은 비즈니스를 찾기 바란다고 위로하면서 여러 권의 책과 오랜 영화 DVD도 구매하였다. 그때 할인가로 구매한 품목 중에 〈시간을 정복한 남자 류비셰프〉란 책을 읽게 되었다. 새해가 시작되는 이때에 이 책은 필자의 남은 인생에 크나큰 지침을 주었다.

건강을 더욱 잘 관리하고, 삶의 목표를 뜻있게 정한다면 한 번뿐인 생에 자기 자신을 위하여, 자기 가족과 자손을 위하여, 또 이웃과 사회를 위하여 발자취를 남겨야 한다는 부분에서 감동을 하였다. 그는 논문 집필 시간뿐 아니라 자신이 책을 읽은 시간, 심지어는 편지를 쓴 시간까지 정확히 계산하고 있었다.

류비셰프는 한 해 동안 시간 결산이 끝나면 다음 해 계획을 세웠다. 다음 해에 반드시 달성해야 할 가장 중요한 목표를 먼저 세워놓고 계획을 짰다. 그의 계획은 단 1%의 오차만 빼고 모두 실행되었다. 그의 연간 시간 통계는 대기업의 회계장부를 방불케 한다. 그는 이처럼 매년 계획을 세웠고, 또 그것을 5개년으로 묶었다.

5년이 지날 때마다 자신이 이루어낸 일을 구체적으로 분석하여 전반적으로 평가까지 하였다. 그리고 자신의 한 일을 연구하였다. 그는 계획하고 이루고자 했던 일을 기필코 이루어냈다. 그 무엇도 그를 방해할 수 없었다. 단 한 번도 30분이 짧은 시간이라고 생각한 적이 없었다. 꾸준히 철저하게 시간 통계 방법을 지켰던 덕분에 엄청난 일을 해낼 수 있었다. 어떻게 시간을 관리하며 살아야 하는지에 대한 책은 참 많다. 그러나 이 책은 원칙을 제시하는 데 그치지 않고, 그 원칙에 따라 평생을 살아간 이야기가 담겨 있다.

류비셰프는 매일 8시간 이상 자고, 운동과 산책을 한가로이 즐겼으며, 한해 평균 60여 차례의 공연과 전시를 관람했다. 그가 1972년 82세를 일기로 세상을 떠날 때, 그가 세상에 남겨 놓은 것은 70권의 학술 서적과 총 1만 2,500여 장의 단행본 100권 분량에 달하는 연구 논문, 그리고 방대한 분량의 학술자료였다.

인간 능력의 한계를 여지없이 비웃는 엄청난 양의 원고 앞에 놀란 사람들은 사후에 속속 밝혀지는 학문적 성과와 철학 · 역사 · 문학 · 윤리학을 종횡무진 넘나드는 독창적 이론에 다시 한 번 말을 잃고 말았다. 그는 1916년부터 1972년 세상을 떠나는 날까지 56년 동안 단 하루도 빠짐없이 일기를 썼으며, 자신이 사용한 시간을 기록하였다.

이 책은 초판을 발행한 지 30년이 지난 지금까지도 세계 각국의 학자나 기업인들이 주목해서 읽고 토론하는 시간관련 중요 텍스트가 되었다. 그는 삶을 이성적으로 조직화함으로써 얼마나 커다란 가능성이 현실화되었는지 실증적으로 보여준 인물이다.

이 책은 인생은 흔히 생각하듯 그렇게 짧은 것만은 아니라는 화두를 던진다. 물론 누구나 그렇게 살 수는 없다. 하지만 이런 인물을 보면서 내 삶을 돌이켜 생각해 보고 10% 아니 1%라도 개선해 낸다면 보통 사람에게도 대성공이라고 생각한다. 이러한 귀한 책을 읽게 해준 교보문고에 감사한다.

이제 애틀랜타에서 한인에게 쉼터였던 문화공간이 사라졌다. 언젠가 책에 목마른 사람들을 위해 종합서점 책방이 다시 열리기를 바란다.

건강에 좋은
배움

지난주 애틀랜타 한인교회에서 100세인 클럽 회장인 이준남 박사의 〈기억력 회복과 치매 예방〉에 대한 강연이 열렸다. 누구에게나 건강이 중요하지만, 기억력이 감퇴하고 치매에 걸리면 개인이나 가족에게 큰 고통을 주게 된다. 치매는 주로 나이가 들었을 때 찾아오지만, 한국에서는 33세 젊은이에게도 치매 발생 사례가 있다고 한다.

강연에서 이 박사는 "평상시 뇌의 기능을 강화해야 하는데 무엇보다도 병이 발생하지 않도록 예방을 하는 것이 중요하다"고 강조했다. 그리고 다음과 같은 6가지 생활습관을 강조했다.

첫째, 음식을 잘 먹어라. 채식과 과일 위주로 먹고, 고기를 먹을 때는 붉은 고기는 피해야 한다.

둘째, 유산소 운동과 근육운동을 해라.

셋째, 잠을 잘 자라.

넷째, 스트레스를 줄여라.

다섯째, 좋은 대인 관계를 해라. 교회에 다니는 사람이 7~8년 더 산다는 통계도 있다.

마지막으로, 미래에 대한 계획을 세워라. 예를 들어, 희망, 비전, 공부, 취미생활을 하면 좋다.

치매에 걸리는 사람은 대부분 미래계획도 없이 오늘도 어제처럼 산 사람들이라고 한다. 위의 여섯 가지가 모두 중요한데, 이민자들에게는 특히 여섯 번째가 가장 소홀하기 쉬운 부분이라고 한다.

다행히 우리가 사는 애틀랜타에는 중앙문화센터가 있다. 둘루스에서 2008년 시작된 중앙문화센터는 7년째 매달 남녀노소 누구나 공부할 수 있는 수십 개의 강좌가 열리고 있다. 수업은 크게 어린이 청소년 강좌와 성인 강좌로 나뉜다. 성인 강좌에는 여러 수준의 컴퓨터, 언어, 음악, 미술, 전문, 교양, 웰빙 댄스 등이 있다.

두 달 전 남부 유럽 여행 중에 겪은 일이다. 터키의 이스탄불을 지나 2000년이라는 유구한 역사를 지닌 에페소를 방문하면서, 로마

못지않은 수많은 유적에 놀랐다. 그중 2만 5천 명을 수용할 수 있는 대형 야외극장이 있었다. 거대한 그곳은 연극, 음악, 토론은 물론이고, 검투사 대 사자의 격투가 벌어지던 장소였다.

함께 여행하던 일행 중 시애틀에서 온 사람이 극장을 향하여 팔을 벌리고 우렁찬 테너 목소리로 오페라 한 소절을 멋지게 불렀다. 이에 질세라 애틀랜타에서 온 사람이 멋지게 성가를 불러 모두에게 즐거움을 주었다.

최근 80번째 생일을 맞이한 의사의 생일 만찬에 다녀왔다. 생일선물을 대신해 교인 한 사람이 한국 가곡을 부르자, 다른 은퇴 목사가 영국의 민요를 불러 파티 분위기를 고조시켰다. 필자는 이 모습에 감명받아 가곡이나 오페라를 배우기로 했다. 그래서 새해를 맞이해 중앙일보에서 운영하는 애틀랜타 중앙문화센터에 등록했다.

지난주 치매방지 강연을 듣고 보니, 배우고 공부하는 것이 건강에 필수요소임을 알았다. 그러고 보니 중앙문화센터가 공부를 통해 보람을 주고, 건강까지 증진해 주었으니 감사하고 고마울 뿐이다. 그동안 필자는 문화센터에서 여러 달 동안 컴퓨터를 배워 실생활에 유익하게 사용할 수 있었다. 게다가 스마트폰 활용법도 배웠고, 디지털카메라 사용법과 포토샵도 익혔다.

이번에 등록한 성악아카데미 수업은 매주 금요일 오전 12시부터 1시간 30분 동안 진행된다. 수업은 프랑스에서 여러 해 동안 공부한 이예원 선생이 맡았다. 매시간 발성연습과 더불어 음악이론, 악보보기를 가르치며, 학생들에게 한국가곡과 외국민요, 명곡, 오페라, 아리아를 각자 부르게 한다. 학생들에게 부족한 점은 일일이 평가하고 고쳐주어 용기와 희망에 차게 해 준다. 그동안 모르고 살았던 아름다운 이탈리아 노래를 부르기 위한 엘칸토 발성법, 성악의 바이블로 불리는 콘코네 책으로 매일 연습한다.

지난주 수업시간에는 창밖에 비가 쏟아졌다. 빗소리와 함께 학생들은 한 사람씩 열심히 노래를 불렀다. 오늘도 이예원 선생님에게 이메일이 왔다. 집에서 하루에 10번씩 호흡을 연습하고, 콘코네 악보 보기 발성연습을 잊지 말라는 숙제였다.

"음악으로 인해 행복해지고 사랑을 베푸는 학생 여러분이 되셨으면 좋겠습니다."

이예원 선생님은 이렇게 끝을 맺었다. 이번 주도 취미생활을 위해서, 또 건강을 위해서 배우는 성악아카데미 시간이 기다려진다.

'새로운 나'를
꿈꾸며

기독교 신앙의 기초는 십자가와 부활이다. 기독교 신앙의 핵심은 예수님의 십자가와 부활을 믿는 것이다. 교계의 지도자들은 공통으로 사랑, 나눔, 희망, 생명을 말한다. 예수님 부활의 의미를 말할 때, 고통 받는 현실세계 속의 사람들에게 실천하려는 방법으로 강조되는 키워드다. 애틀랜타에 이민 와서 꾸준히 다니는 한인교회에서 매년 맞이하는 사순절 기간 중, 올해는 남다른 마음을 먹고 사순절 특별 새벽기도회에 피곤과 졸음을 이기고 참여했다가 진정으로 값진 교훈을 얻었다.

그리스도인의 영성에 독보적인 영향을 미치고 있는 작가 리처드 포스터(Richard Foster)의 기도에 대한 말씀을 들은 것이다. 그의 글을 통해 기도에 대한 영성에 깊은 묵상을 할 수 있었다. 지난 사순절

동안 새벽 기도회를 통해 마음속 깊이 느끼게 된 감동을 함께 나누고 싶다.

"건전한 기도는 상상적이고 평범한 여러 가지 다양한 경험 등을 필요로 한다. 산책 또는 건전하고 유익한 웃음거리들, 화초를 가꾸거나 이웃과의 한담, 그리고 밥 짓기와 유리창 닦기 등등. 이 모든 것들이 기도하는 데 소중하다.

그뿐인가? 부부간의 사랑이나 아이들과 놀아주는 일, 그리고 열심히 일하는 것도 기도하는 데 꼭 필요한 요소들이다. 그렇다. 영적인 히말라야를 정복하기 위해서는 일상생활에 작은 산들과 골짜기에서 정기적으로 훈련받지 않으면 안 된다."

포스터의 묵상은 다음과 같다.

▶ 사랑을 잘하는 사람이 기도도 잘한다.

▶ 기도하는 것은 변화하는 것이다.

▶ 기도는 많이 알고 높아지는 것이 아니라 더욱 낮아지고 하나님 앞에서 무능한 자가 되는 것이다.

▶ 새로운 세대의 지도자들이 일어나기를 기도하라.

▶ 우리는 목소리 없는 자의 목소리가 되어야 하고, 언제나 그들의 입장을 하늘보좌에 탄원해야 한다.

▶ 예수님은 예나 지금이나 사회 혁명가였다. 예수님은 병자들을

고쳐주었을 때 단지 질병만을 고쳐주신 것이 아니라, 이 사람들을 방치했던 사회 속의 질병까지도 고치셨다. 사회가 축복받지 못하고, 축복할 수 없다고 생각하는 계층과 범주의 사람들을 택하여 말씀하셨다. 우리도 그렇게 해야 한다. 기도와 삶을 통해 우리는 모든 장벽을 깨뜨리고 모든 사람을 소중히 여겨야 한다.

▶ 기도하려고 두 손을 모으는 것은 이 세상의 혼란에 대항하여 일어서는 행동의 시작이다. 철저한 기도란 뿌리와 심장과 중심까지 내려가는 기도다.

예수님께서는 우리에게 "너희는 세상의 소금과 빛"이라고 가르치셨다. 부활절을 보내면서 교회와 그리스도인들은 고통 받는 이웃을 소중히 여기고, 어려운 교포사회의 문제도 함께 지는 나눔을 생활 속에 실천해야 한다고 묵상해본다.

예수 믿는 사람으로서의 고민이 바로 여기에 있다. 가르침 받기는 즐기면서, 이를 실천하기에는 언제나 모자란다. 우리끼리 재미있게 지내고 싶지, 스스로 밖으로 나가서 어려움을 겪을 마음이 생기지 않는 것이다. 지난날의 삶에서 이제 벗어나야 할 때가 오지 않았는지 스스로 질문해본다. 부활은 죽음이 전제되어야 한다. 지금까지의 나는 과거에 묻어놓고, 새로운 나의 태어남이 있어야 하지 않을까.

새로운 나 자신으로 태어나기 위해서는, 그에 따라오는 어려움과 고통을 이겨내야 한다는 생각이 든다. 그러나 이를 실천하기 위해서는 여전히 어렵다.

오래된 습관에서 벗어나기 위해서는 새로운 습관을 만들어서 오래된 습관을 대신해야 한다. 좀 더 산뜻하고 쓸모 있는 가치관에 따라 새로운 습관을 만들어 내야 한다.

그러기 위해서는 '나'의 주인이 누구인지 확실히 알아야 한다. 지금까지의 습관적인 생활은 나 자신이 아니며, 더 나아가 진정한 나의 주인이 될 수는 없다.

애틀랜타에서 산다는 것

초판 1쇄 인쇄 2015년 04월 15일
1쇄 발행 2015년 04월 25일

지은이   이승남
발행인   이용길
발행처   모아북스
            MOABOOKS

관리   정윤
디자인   이룸

출판등록번호 제 10-1857호
등록일자   1999.11.15
등록된 곳   경기도 고양시 일산동구 호수로(백석동) 358-25 동문타워 2차 519호
대표 전화   0505-627-9784
팩스   031-902-5236
홈페이지   www.moabooks.com
이메일   moabooks@hanmail.net
ISBN   979-11-86165-83-6   03810